승유 퓨전 판타지 소설
FUSION FANTASTIC STORY

환생마법사
Magician return

환생 마법사 1

승유 퓨전 판타지 소설

초판 1쇄 찍은 날 § 2015년 02월 04일
초판 1쇄 펴낸 날 § 2015년 02월 11일

지은이 § 승유
펴낸이 § 서경석

편집부장 § 권태완
편집책임 § 한준만

펴낸곳 § 도서출판 청어람
등록번호 § 제387-1999-000006호
등록일자 § 1999. 5. 31
어람번호 § 제1-2046호

주소 § 경기도 부천시 원미구 부일로 483번길 40 서경B/D 3F (우) 420-822
전화 § 032-656-4452 팩스 § 032-656-4453
http://www.chungeoram.com
E-mail § chungeorambook@daum.net

ISBN 979-11-04-90105-8 04810
ISBN 979-11-04-90104-1 (세트)

승유 퓨전 판타지 소설

FUSION FANTASTIC STORY

환생마법사

Magician return

1

환생마법사

Magician return

CONTENTS

1장

100번째 환생

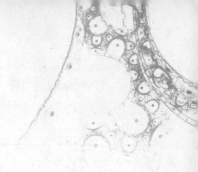

"아쉬운 99번째 삶이었군."

"예. 아쉽게도."

"좋은 시도였다. 하지만 모든 드래곤을 적으로 돌린 건 네 오만이었다. 놈들을 이용할 줄만 알았어도 지금의 그림이 많이 달라졌을 텐데."

"지난 일입니다. 같은 실수를 반복하지 않으면 됩니다."

"지금 그 말, 99번째인 건 알고 있나?"

"알고 있습니다."

"이제 마지막이다. 다음은 없다. 이번에도 죽게 되면, 네가 그토록 원하던 세상으로의 귀환은 없다. 영원히… 소멸하는 것이지."

그의 표정에는 변화가 없었다.

나를 대한민국이 아닌 전혀 다른 세상에서 살게 만든 장본인. 그는 무표정하게 내가 살아야 할 마지막 삶을 통보했다.

그가 원하는 것은 단 한가지다.

중간계에서 그 누구도 범접하지 못할 최고의 존재가 되는 것. 위로는 오로지 그만 존재하고 아래로 세상의 모든 것을 둔 존재가 되는 것.

바로 일인지하 만인지상의 경지에 이르는 것이다.

당연히 쉬운 일이 아니다. 하지만 그는 이런 일들이 매우 쉽게 이루어질 것처럼 얘기한다. 99번을 들은 이야기라 새삼스럽지도 않다.

이제 100번째 환생을 하게 되면, 나는 찢어진 가난함을 벗 삼아 살던 열여섯 살 때의 삶으로 또 다시 돌아가게 된다.

육체적, 경제적인 모든 것이 완벽하게 '0'에서 시작된다.

가지고 있는 것은 99번의 시행착오를 통해 겪은 지식과

노하우, 미래에 대한 정보 같은 것들이다. 정신적인 것만 존재하는 것이다.

이런 상태에서 그가 원하는 바를 달성해야 한다.

"다음번의 삶에서는 당신을 만나서 죽일지도 모릅니다. 어쩌면 그게 빠를지도 모르겠다는 생각을 했거든요."

"후후, 좋은 동기부여지. 나를 죽일 수 있다면 네가 살던 세계로 돌아가는 것쯤은 일도 아니게 될 테니까."

나는 그를 향해 여과 없이 적의를 드러냈다.

그는 이런 나의 반응을 즐긴다.

그래, 해볼 테면 해봐라.

넌 할 수 없다.

늘 그런 전제를 깔아두고 있는 듯한 대화를 한다.

그는 철저하게 객관적이었다.

내게 수많은 삶의 노하우와 지름길을 알려줄 수 있었음에도 그렇게 하지 않았다. 경험, 시행착오, 고통, 시련, 고난… 그 모든 것을 직접 겪게 했다.

치열하게 수십 년의 삶을 살다가 죽었어도, 고생했다는 말 한마디 없었다.

준비해라, 돌아간다, 다시 잘 살아봐라.

그게 그가 나에게 남긴 대화의 대부분이었다.

이번은 마지막 환생인 만큼, 나름 소회가 깊었는지 쓸데

없이 말을 길게 이어가고 있었다.

"보내주시죠."

"많이 무뚝뚝해졌군."

"99번, 1723년의 삶을 살았습니다. 미치지 않은 것만 해
도 다행이죠."

"하긴 인간에게는 영겁의 세월일 테니까. 그래도 꽤 긴
삶을 산 것 치고는 감정이 많이 살아 있군?"

그는 내가 감정적으로 무디어진, 냉혈한과 같은 모습이
되길 바랐던 것 같다.

실제로 그런 삶을 살았던 적도 있었다.

99번의 삶을 살면서 때로는 광기에 가득 찬 살인마의 삶
을 살았던 적도 있었고 티 없이 순수하고 착한 모습으로 살
았던 적도 있었다.

99번의 삶 모두, 각기 다른 식으로 표현할 수 있는 다채
로운 삶이었다.

인생을 반복하다 보니 그의 말대로 점점 감정이 메말라
가고 무디어지고 지치기도 했었다.

그랬을 때가 정확히 50번째 삶, 반환점을 막 돌았을 무렵
이었을 것이다. 삶에 더 이상 흥미를 느끼지 못하고 스스로
목숨을 끊고 싶었을 때가 있었다.

하지만 그는 영악하고 교활했다.

자살을 하면 환생 자체가 불가능하다고 했다.

자살을 반복해서 100번의 삶을 채워서 지구로 돌아갈 생각이면 포기하라고 했다. 그건 중간계에서 최고가 되는 길이 아니었으니까.

결국 다시 이를 악물고 수백 년의 삶을 반복해서 살았다.

내가 마지막으로 환생하게 되었을 때, 완벽한 기억으로 잘 닦인 로열 로드(Royal Road)를 걸을 수 있도록.

"덕분에 필요한 상황에서 필요한 감정에 맞게 움직일 수 있게 됐습니다. 이제 어떤 감정 하나에 치우치면서 살지는 않습니다. 당신 덕분에요."

너 덕분에 내가 이렇게 산다. 아주 잘살 것 같다! 씨발, 너 같은 새끼 때문에 잘살지 않고는 분해서 못 견딜 것 같다.

나는 그에게 눈빛으로 입으로 이어 가지 못한 말을 뱉어 냈다.

그가 웃는다.

그는 상상 이상의 통찰력을 가지고 있다.

내 눈빛에 담긴 무언의 욕지거리를 충분히 알아들었을 것이다.

"마지막 이별이라고 생각하니 말이 길어지게 됐군. 내가 네게 주는 건 아무것도 없다. 마지막이라고 해서 특별한 안

배라도 해줄 것이라 생각했다면 오산이다."

"바라지도 않았습니다. 그런 생각은 첫 번째나 두 번째 삶을 살았을 때나 했던 이야기니까."

"좋아, 그런 마음가짐. 그럼 다시 길을 열어주지. 늘 말하지만, 이번에도 쉽진 않을 거다."

그가 무심히 내 뒤쪽을 향해 손을 뻗었다.

그러자 아무것도 없던 어두운 공간에 꽤나 이질적인 흰색의 포탈이 생겨났다.

환생의 길이다.

저 포탈 안으로 들어가게 되면, 나는 10초 내로 시작점으로 설정된 때의 시간으로 돌아가게 된다.

열여섯 살.

찢어지게 가난한 농가의 청년.

몸이 약해 어렸을 때부터 감기와 열을 달고 살았던 약골 청년 레논의 삶으로.

"갑니다."

고개를 돌렸다.

그의 얼굴을 보는 건 이번이 마지막이 될 수도 있고 아닐 수도 있다.

내가 이번 삶에서도 성공하지 못하고 죽는다면 오늘 보는 그의 얼굴이 마지막 얼굴이 될 것이고, 성공한다면 그를 만나 지구로 돌아갈 방법을 전해 듣게 될 것이다.

후자이길 바랐다.

동시에 피날레가 그의 죽음으로 맺어지길 바랐다.

지금은 터무니없을지 모르는 적의라고 할지라도, 이런 생각은 목표를 설정하고 나에게 추진력을 실어주는 데 큰 도움이 된다.

목표는 클수록 좋으니까.

나는 그 생각을 접지 않았다.

"이번에는 내 마음에 들게 해봐. 지난 네 삶은 모두 실망스러웠다."

"훗."

역시나 그냥은 보내주지 않는다.

저 말 한마디에 휘말려 한 번의 삶을 통째로 말아먹은 적도 있었다.

그렇게 재미를 보고난 뒤, 내가 비장하게 다음 삶을 준비할 때면 저런 말을 꺼내곤 했다.

나는 그의 말을 한쪽 귀로 흘려 버린 채, 포탈 앞에 섰다.

한 걸음만 더 내딛으면 마지막 삶이 시작된다.

이제… 리셋은 없다.

"후우."

심장 한가운데에서부터 묵직하게 치밀어 올라오는 중압감을 무거운 숨으로 토해냈다.

99번의 삶을 살았어도 가족에 대한 기억은 여전하다.

그곳으로 돌아가면, 내가 사고를 당하던 날.

그 직전의 시간으로 갈 수 있다고 했다.

그러면 나는 매일 계속된 장거리 이동으로 인해 녹초가 된 운전기사의 고속버스를 타지 않았을 것이고 그랬다면 죽지 않고 원래의 삶을 살았을 수 있을 것이다.

사랑하는 어머니, 아버지, 그리고 둘째 여동생 윤아와 막내 남동생 윤철이.

그리운 내 가족들이었다.

내가 반드시 이번 삶에서 성공해야만 하는 이유이자, 내가 이 지옥과도 같은 환생의 삶을 버티는 이유였다.

"후."

한 걸음을 내딛고.

쑤욱!

"크윽!"

포탈의 인력에 휘말린 몸이 환생의 길을 따라 빠르게 시간을 역행하고 있었다.

끝없이 추락, 추락, 추락.

99번을 겪었어도 견뎌내기 힘든 이 엄청난 압력은 맨정신으로 눈을 뜨고 있을 수 없게 만들었다.

　　그리고 어느 순간엔가 나는 기절해 버렸다.
　　언제 잠이 들었는지도 기억나지 않았다.

2장

지상 최대의 과제

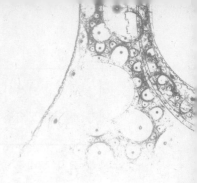

　"하아."

　눈을 뜨는 순간, 신음부터 터져 나온다.

　머리에서부터 발끝까지 어디 하나 성한 곳이 없는 몸. 열여섯 살, 레논의 몸이다.

　익숙한 광경이 시야에 들어온다.

　100번째로 보는 광경이라 이제는 천장에 붙어 있는 작은 먼지의 위치까지도 기억에 생생하다. 눈을 감고 집 안을 그리라고 하면, 디테일하게 모든 부분을 그려낼 수 있을 정도다.

이른 새벽의 시간이지만, 집에는 아무도 없다.

내가 가족의 모습을 볼 수 있는 것은 지금으로부터 30분 후다.

아침 식사 준비를 위한 땔감 마련을 위해 어머니 카리나와 여동생 레니가 새벽부터 산에 올랐을 테니까.

"이 빌어먹을 몸은 정말 반복을 해도 적응이 안 되는군. 크윽."

나는 등골을 타고 전해지는 깊은 통증을 참지 못하고 신음을 토해냈다.

이 몸은 정말 약하다.

온갖 병을 한 번씩은 다 겪은 몸인데다가, 긴 투병 생활로 근육은 거의 없다시피 하고 몸도 매우 말랐다.

과장을 조금 더한다면 산송장이나 다를 바가 없다. 그 덕분에 나는 내가 첫 번째로 살았던 삶을 지금도 잊을 수가 없다.

교통사고로 인해 죽었다고 생각했던 그 순간, 나는 레논이라는 이 청년의 몸으로 새 삶을 살게 됐다.

당시에는 내가 누군가의 몸으로 새로운 삶을 살게 되었다는 사실도 알지 못했다.

그를 만나게 된 것은 첫 번째 삶을 마감하고 나서였으니까. 그저 꿈일 것이라 생각하고 소설 속에서나 볼 법한 이야기들을 꿈으로 꾸고 있는 것이구나 하고 생각했다.

그래서 어머니와 레니에게 헛소리를 했던 기억도 난다.

당신들, 꿈 치고는 상당히 디테일하게 만들어져 있네. 컬러풀한 꿈이야. 아니면 여기가 사후세계야?

지금 생각해도 얼굴이 화끈거리는 기억이다.

그 말을 듣고 어머니와 레니가 펑펑 울었던 기억이 난다. 내가 죽기 전에 헛것을 보고 마지막 유언을 남기는 것이라 생각했다는 것이다.

그로부터 사흘이 지나서야, 나는 새롭게 살게 된 삶을 받아들였다. 그 전까지는 부정의 연속이었다.

아니야, 아닐 거야. 이딴 몸으로 새 삶을 사느니 죽는 게 낫지……

말이 좋아 새 삶이지, 죽지 못해 사는 삶이었다.

아무것도 모른 채 부딪혔던 나의 첫 번째 삶은 2년간의 투병 생활이 전부였고 그것으로 끝이 났다. 시간이 갈수록 몸은 악화됐고 종국에 이르러서는 난 걷지도 못했다.

대소변마저 가릴 여건이 되지 못해 어머니가 나의 모든 병수발을 하셨다.

나는 병상에 누운 채로 눈만 깜빡거리고 입만 겨우 움직

이는 지옥과도 같은 삶을 살았다. 그리고 첫 눈이 내리던
날, 죽었다.

그리고 허무하게 새로운 인생이 끝났다고 생각했던 순간
에 그를 만나게 된 것이다.

그는 내게 말해주었다.

아직 99번의 기회가 남아 있다고. 잘 살아보라고. 이렇게
어이없게 죽는 건 나도 생각하지 못했던 것이라고. 치료를
위해 전심전력을 다해보라고.

내가 수많은 삶을 반복해서 살며 스스로 방법을 찾아내
기 전까지 그는 아무것도 내게 알려주지 않았다.

그가 내게 알려준 것은 죽으면 바로 이 침대 위에 누워
있던 시간으로 되돌아오는 영겁의 삶을 살고 있다는 것뿐
이었다.

대한민국에서 살던 시절, 나는 줄곧 판타지 소설들을 읽
곤 했었다.

대여점에 가면 잔뜩 쌓여 있던 수많은 책들.

그중에 환생에 관련된 책들을 보면 내용을 보면서도 감
탄하게 되는 이야기들이 참 많았었다.

원래 살던 세계에서 특수한 능력을 얻어 새로운 몸으로
산다든지, 혹은 눈을 뜨자마자 역사에 길이 남을 기연을 맞

이하게 된다든지, 혹은 인생 최대의 스승을 만나게 된다든지!

시작부터 초고속으로 치고 나가는 성공한 주인공의 삶이었다.

시행착오 같은 건 존재하지도 않았고 세상의 주류로 편입되는 데 걸리는 시간도 짧았다.

하지만 나는 눈을 뜨는 순간, 살아남는 것이 지상 최대의 과제가 된다.

계획은 먼 미래를 내다보고 세워져 있지만, 새로운 삶을 시작하게 되면 가장 첫 번째 목표가 되는 것은 무조건 생존이었다.

일단 죽지 않아야 했다. 그 정도로 이 몸은 최악이다.

그렇다면 이 몸이 불치병인가? 아니다.

의외로 해결책은 단순하다.

치료약을 먹으면 말끔히 낫는다.

지금 내가 앓고 있는 병은 이 세계에서는 '거지병'이라고 불리는 질병이다.

이름에서도 충분히 예상이 가능하지만 치료할 돈이 없으면 죽을 확률이 높아지고 치료할 돈이 충분하다면 하루만에도 훌훌 털고 일어날 수 있는 그런 병이었다.

즉시 효과를 볼 수 있는 약은 영물로 여겨지는 만드라고

라다.

영약으로도 불리는 만드라고라는 때때로 검술적, 마법적인 성취를 극대화시키는 매개체로서도 잘 알려져 있다.

나 역시 만드라고라를 잘 알고 있다. 왜? 먹어봤으니까.

효과는 확실하다. 하지만 아쉽게도 이 만드라고라는 2년 후에 발견된다.

만드라고라를 누가 발견하는지는 알고 있다.

내 친구이자 약초꾼 생활을 하고 있는 동갑내기 카터다. 녀석은 2년 후, 홀로 떠난 약초행에서 생각지도 않았던 만드라고라를 손에 넣게 된다.

하지만 그 장소가 어디인지는 나에게도 알려주지 않았다. 영물의 위치를 함부로 발설했다가는 온몸의 구멍에서 피를 쏟아내고 몸이 썩어 들어가 죽는다는 약초꾼들의 속설을 철석같이 믿었기 때문이다.

게다가 만드라고라는 가격 자체가 귀족들도 엄두를 내기 힘들 정도로 비싼 가격에 거래가 된다.

평민의 삶을 살고 있지만, 가난함으로 따지면 귀족가의 노예보다도 못한 우리 형편으로는 손톱만큼의 만드라고라도 살 수 없을 것이다.

반복된 삶을 살면서, 나는 지금 내가 처한 형편에서 가장 쉽고 빠르게 구할 수 있는 치료제를 개발해 냈다.

약초들도 쉽게 캘 수 있는 것들이고 조합법도 단순하다. 너무 단순해서 이런 식으로 치료제가 만들어질까 싶을 정도다.

나는 카터에게 그 약초들을 부탁할 생각이었다.

마음 같아서는 직접 산에 올라 약초를 캐온다면 더할 나위 없이 좋겠지만, 지금 이 몸으로는 마을 밖으로 나가는 것도 힘들다.

이런 말을 하는 것도 비참하지만, 진짜 산에서 발 한 번 잘못 딛고 넘어지면, 그대로 온몸의 뼈가 부러져 죽어나갈 판이다. 이게 이 몸의 현주소다.

"후아."

한 걸음을 내딛을 때마다 깊은 한숨이 쉬어진다. 힘들어서다.

하지만 걸을 수 있는 만큼 계속 걸어야 한다.

내 몸이 이 정도로 최악의 상황까지 몰린 건, 예전에 이 몸의 주인으로 있던 녀석이 어머니와 레니의 병수발만 받았을 뿐 스스로 나아지기 위해 노력을 손톱만큼도 하지 않았기 때문이다.

그에게 물어보니 원래 몸의 주인이었던 녀석은 이미 환생하여 다른 삶을 살고 있다고 했다. 즉, 잠깐 죽었었다는 얘기다. 잠을 자던 중에 죽은 것인데, 그 사이 내가 도착해서 이 몸으로 배정이 된 것이다.

잠을 자다가 편히 죽기만 해도 축복받은 것이라고 하는데, 솔직하게 말해서 내게는 지옥이다. 이왕 누군가의 몸을 받아 살아갈 것이었다면, 더 좋은 조건이었다면 더 빨리 성공을 이룰 수 있었을 테니까.

그래서 지금의 내게 마법 연성은 불가능한 이야기다. 몸이 약하기 때문인 것도 있지만, 내가 추구하려는 길이 정도와는 거리가 멀기 때문이기도 하다.

백마법으로 오를 수 있는 최대의 경지는 9클래스다. 이는 만고의 불변 진리이고 변한 적이 없다. 하지만 흑마법은 다르다. 물론 흑마법도 정통 흑마법은 백마법과 궤를 같이한다. 하지만 알려지지 않는, 비정상적인 흑마법 쪽으로 연성의 방향을 잡으면 그때부터는 클래스의 개념이 무의미해진다.

나에게는 그렇게 흑마법을 연성한 경험이 있다. 물론 결과가 좋지 못해 지금 이렇게 새 삶을 살고 있는 것이기도 하다.

나는 이 흑마법을 정통 흑마법과 분리해서 이해하기 위해 암흑마법이라고 칭했는데, 암흑마법은 연성자의 정신 상태가 조금이라도 빈틈을 드러내게 되면 바로 미친놈으로 만들어 버린다.

81번째 삶인 것으로 기억한다. 연성 도중에 감기를 한 번 크게 앓은 적이 있었는데, 그때 잠시 내 정신력이 약해진 사이 몸의 통제권이 사라져 버렸다.

그리고 내 몸을 차지한 마족은 희대의 살인마가 되어 내 몸으로 세상을 누비다가, 나를 잡기 위해 편성된 전담 마법 사들에게 잡혀 처형당했다.

그런 사태를 피하기 위해 이번 생에서는 백마법과 흑마 법을 함께 연성할 계획이다. 동시에 흑마법에서는 극 중에 서도 극으로 치닫는 극한의 과정을 밟을 생각이다.

다만 이런 생각들은 지금 내게 있어 가장 큰 과제인 생존 에 대한 문제를 어느 정도 해결하고 난 다음의 일이다. 이 계획에는 돈도 필요하고 내 건강도 필요하다.

지금으로서는 할 수 없는 일들이다.

*   *   *

"오빠! 왜 여기까지 나와 있는 거야! 누워 있어야지! 오빠 그러다가 넘어지면 크게 다친단 말이야!"

"레논, 새벽 공기가 차잖니. 안에서 따뜻하게 있지, 왜 나 와서 찬바람을 그리 맞고 있어!"

"아침부터 어머니와 레니가 고생하는데, 그냥 누워 있고 싶지 않아서요. 그리고 이 정도면 시원하죠. 상쾌한 공기를 들이마시기에 가장 좋은 새벽이기도 하구요."

"레논… 어제까지만 해도 아침 바람이 차다고 창문도 꼭 꼭 닫아달라고 하지 않았니?"

어머니의 표정에 의문스런 감정이 일렁인다. 여자의 육감은 남자의 감각과는 비교도 할 수 없을 정도로 잘 들어맞는 경우가 많다.

어제의 나는 내가 아니었고 오늘의 나는 나다.

몸의 병을 핑계로 가족들을 고생시키고 자신을 수발하는 것을 당연하게 생각했던 녀석은 죽고 없다.

나에게 있어 가족은 그 누구보다도 소중한 존재들이다. 대한민국에서 살고 있을 내 가족도, 그리고 지금의 가족도 모두 소중하다.

나에게는 천 년 하고도 더 많은 시간이 흐른 과거가 있지만, 그가 대한민국으로 돌려보내 준다면 사고가 나기 전으로 갈 수 있다.

즉, 내가 만나게 될 가족은 여전히 잘 살아 있을 것이란 얘기다.

그래서 나는 지금의 삶에 더 충실할 수 있다.

확실한 동기부여가 되기 때문이다.

"이제부터는 계속 움직이고 조금씩 운동도 할 거예요. 끼니도 거르지 않고요. 얼른 나아서 어머니 일에 보탬도 되고 레니가 고생하지 않게 오빠 노릇도 잘할 겁니다."

"레논 오빠… 갑자기 왜 그래? 오빠, 뭐 잘못 먹었어? 그럼 오늘은 나한테 화 안 낼 거야?"

울보 레니.

마음 여리고 착한 내 동생이다.

오빠의 말 한마디면 빈말 섞인 칭찬이어도 방방 뛰어가며 기뻐하고 화를 내면 그 한마디에 닭똥 같은 눈물을 흘리는 아이.

나와 한 살 터울이라 올해로 열다섯 살이다.

이쯤 되면 마을 안에서 눈이 맞는 남자애들도 종종 나오게 마련인데, 레니는 그렇지 못했다. 해야 할 일들이 워낙에 많았으니까.

어머니는 아침이 되면 내가 살고 있는 샤론 마을의 유명한 제과점인 '바톤 제과점'에서 일을 하기 위해 나간다. 그리고 저녁 늦게 되어서야 집에 돌아온다.

그 시간 동안 레니가 집안의 모든 일을 담당한다. 내 병수발을 해주고 끼니를 챙겨주고 청소를 하고 설거지를 하고 나무까지 패온다.

열다섯 살 소녀에게는 쉽지 않은 일이지만, 레니는 항상 묵묵하게 해냈다. 그 대신 다른 아이들은 뛰어놀며 보냈을 유년기와 사춘기가 레니에게는 없었다.

항상 일만 했으니까.

"레니, 내가 너한테 화를 왜 내?"

"오빠, 맨날… 아냐, 아무것도."

맨날 오빠 나한테 화만 내잖아, 라고 말하려고 했을 거다.

이해한다.

레니는 늘 그것을 서운해했다. 나이가 들어서도.

지금 이게 내 몸이니까 마음대로 못 하지, 만약에 다른 몸에 있었으면 진작 원래 몸의 주인이었던 녀석을 실컷 손봐줬을 것이다.

누군가는 남들과 다른 불행한 삶을 살 수도 있고 때때로 그것으로 인해 가족이나 다른 누군가를 원망하게 될 수도 있다.

하지만 예전의 레논은 그 원망과 푸념의 시간이 너무 길었다.

그래서 자기 자신을 돌볼 수 있는 힘조차도 세상에 대한 불만과 가족에 대한 분노로 돌렸고 그게 화근이 되어 죽었다.

"레니, 오빠가 그럼 하나 약속하자. 물론! 레니도 오빠에게 약속 하나를 해줘야 해."

"뭔데? 뭐 이상한 거 말하려고 하는 거 아니지?"

볼을 빵빵하게 부풀리며 앙칼진 눈빛으로 쳐다보는 레니의 모습이 귀엽다. 그러면서도 내심 기대하는 눈치다.

"오늘 이후로 내가 먼저 레니에게 화를 한 번 내면 10실버를 줄게. 두 번 내면 20실버. 계속 10실버씩 붙여서 30실버, 40실버. 어때?"

"레논! 그런 돈이 어디 있다고 그런 약속을 하니. 괜히 레니 안 좋은 버릇 들 수도 있어."

"제가 화를 안 내면 괜찮은 일이에요. 걱정 마세요, 어머니. 약속은 꼭 지킬 겁니다. 어때, 레니?"

"히… 그럼 나는 무슨 약속을 해주면 되는데?"

레니가 씨익 미소를 짓는다.

오빠를 화내게 해서 돈을 벌어야지, 하는 그런 웃음이 아니다. 달라진 내 모습. 어제와는 다른 상냥한 오빠의 모습이 레니는 마냥 좋은 것이다. 잠깐의 변덕이라 할지라도.

나는 레니의 얼굴을 잠시 빤히 쳐다보았다.

정말 눈에 넣어도 아프지 않을 동생의 얼굴이다.

레니는 내가 살아온 수십 번의 삶에서도 항상 엇나가지 않고 바른 삶을 살았다.

그래서 나는 항상 새 삶을 살게 되었을 때마다 이렇게 레

니에게 약속을 했다. 그리고 단 한 번도 레니에게 벌금을
준 적이 없다.

항상 마음속에 두고 있었기 때문이다.

"약속하자. 내년 이맘때까지는 꼭 멋진 남자 친구를 오빠
에게 소개시켜 주기로."

"에이, 뭐야! 마음에 드는 남자애 없어!"

레니가 손사래를 친다.

남자 얘기만 하면 얼굴을 붉히는 레니다. 다행히 오빠는
남녀를 떠난 별개의 성으로 생각하는 것 같다.

매일 보고 함께한 오빠니까, 그 외의 감정을 느낀다면 그
게 더 이상하겠지.

"약속해. 오빠도 약속했잖아."

내 표정이 살짝 굳자, 레니의 표정도 덩달아 굳어진다.
레니는 내 감정 변화에 민감하다.

"만약에 마음에 드는 남자애가 없으면? 그럼 어떻게 해?
우리 마을에 그렇게 남자가 많은 것도 아니잖아!"

남자에 관심 없는 척하면서도 알 건 다 알고 있는 레니
다.

즉, 남자에 관심이 있다.

레니도 내 여동생이기 전에 뜨거운 혈기와 언제든 터뜨
릴 수 있는 무한한 애정을 가지고 있는 여자였다.

"그럼 그때는 네 마음에 들 만한 남자 친구를 찾아오지. 오빠의 능력으로 말이야."

"레논, 오늘따라 장난이 짓궂구나? 그래도 보기 좋네, 호호호."

어머니가 웃는다.

온갖 고성을 질러가며 화내는 내 모습은 봤어도, 이렇게 다정하게 동생을 대하는 내 모습은 처음 보는 것일 터다. 레니도 마찬가지일 것이고.

앞으로 살아갈 나의 삶도 중요하지만, 지금까지 살아온 예전의 삶도 무시할 수는 없다.

잘못된 선택과 행동으로 생긴 응어리들이 있다면 꼭 풀어내야 했다.

그것이 바로 어머니와 레니의 감정이었다. 어머니는 나를 낳아준 사실 자체가 죄스러운 일이었다고 자책하고 레니는 오빠를 행복하게 해주지 못해 미안하다고 자책하는 사람이다.

난 내 사람이 이런 말도 안 되는 자기 탓을 하는 것을 용납할 수가 없다.

이건 전적으로 과거의 레논 잘못이다.

아프니까 그 정도의 투정이나 행동은 당연한 것 아니냐고?

나는 단언컨대 아니라고 할 수 있다. 아픈 것은 훈장이 아니다. 자신이 받아들이고 빠르게 마음을 다잡고 극복해 나가야 할 시련인 것이다.

"좋아, 약속!"

레니가 손을 뻗었다. 그래, 도장은 찍어야지.

나는 레니와 손을 맞잡고 새끼손가락을 꼰 뒤, 엄지손가락을 꾹 눌러 주었다.

"오빠랑 약속한 거다."

"응! 그럼 오빠도 이제 화 안 내는 거다?"

"당연하지. 아, 대신 그건 금지야."

"응? 뭔데?"

"간지럽히기 금지. 오빠가 그건 못 참아."

그렇다. 내 유일한 약점은 간지럼이다.

99번을 살았어도 끝내 해답을 찾지 못한 약점이었다.

"응! 오케이, 거래 성립!"

"좋아."

짝!

레니와 나의 손바닥이 맞부딪혔다.

아.

아프다.

잠시 잊고 있었다.

이 몸은 시원한 손 맞춤 한 번에도 전신이 부들거릴 정도
의 고통이 전해지는 약한 몸이라는 것을.

*　　　*　　　*

약초를 구하기 위해 산행을 떠난 카터는 저녁쯤에 돌아
온다. 항상 산행이 끝나고 나면 우리 집에 들러 나를 만났
던 녀석이니 시간은 분초 단위로도 알고 있다.

이건 수많은 삶을 살면서도 불변했던 일이다.

다양한 삶을 살았고 그러면서 내가 느낀 것은 몇몇 일들
은 삶이 반복되어도 변하지 않고 일어난다는 것이었다.

굵직한 일, 이를테면 국가 간의 전쟁이나 천재지변, 위인
혹은 악인의 등장은 시기가 조금 달랐을지언정 반드시 벌
어졌다.

그리고 환생 초기, 그러니까 지금처럼 아직 내가 앞으로
의 삶에 큰 영향을 미칠 수 없는 시점에서의 일들은 대부분
반복해서 일어났다.

대표적인 것이 오늘처럼 저녁에 카터가 산행을 마치고
돌아오는 일이었다.

그 사이에 무슨 일이 생겨 오지 못하게 되었다거나 한 적
은 단 한 번도 없었다.

변수는 선택적으로 만들어진다. 나에 의해서다.

예를 들어 내가 오늘 카터를 만나고 카터를 죽이게 된다면?

2년 후에 있을 카터의 만드라고라 발견은 없던 일이 될 것이다. 그러면 나는 만드라고라를 먹을 일이 없을 것이고 이후의 미래는 상당히 많이 달라지게된다.

하지만 늘 그래왔듯이 카터를 만나 이야기를 나누면 달라질 미래도 크게 없는 것이다.

내가 앞서 살았던 99번의 삶을 헛되게 생각하지 않는 이유는 내가 선택한 변수들에 대한 결과물들을 수도 없이 봤기 때문이다.

남들은 믿지 않겠지만 나는 내가 살고 있는 이 나라, 스페디스 제국의 삼황녀 다이애나가 무엇을 좋아하는지 알고 있다.

그녀는 도도한 성격으로 알려진 것과 달리, 강렬하고 짜릿하며 금기시되는 장소에서의 돌발적인 사랑이나 키스, 섹스에 대한 판타지가 있었다.

어떻게 아냐고?

내가 알아냈으니까.

기억을 되짚어보면 49번째 삶 정도가 된다.

영겁의 삶에 무료함을 느낀 나는 평범했던 일상을 완벽

하게 깨뜨릴 수 있는 반전의 계기를 마련하길 원했다. 그 결과가 비극적일지라도 상관없었다.

다시 살면 되지. 그때는 그렇게 생각했었다.

그래서 스페디스 마법 아카데미의 수석 마법사의 신분으로 황녀 다이애나를 알현했고 주변 사람들을 물리고 단둘이 남은 대화의 자리에서 나는 과격하게 그녀를 밀어붙였다.

지금 돌이켜 보면 앞뒤 생각하지 않고 벌인 일이라 대형 스캔들로 번져 도망자 신세가 되었지만, 충분히 가치 있는 일이었다.

왜? 다이애나와 실오라기 하나 걸치지 않은 매끈한 몸으로 뜨거운 하루를 보냈으니까.

그 이후로도 그녀는 나를 그리워했다.

하지만 품위와 체면, 틀에 박힌 사랑에 대한 개념으로 무장한 제국의 법도와 황가의 고정관념이 나를 용납하지 않았을 뿐이다.

*   *   *

"후우. 하아. 후우. 하아."

나는 작은 나무 막대들을 들어 올렸다가 놓는 것으로 운동을 시작했다.

지금 당장 가시적인 변화가 일어나지는 않겠지만, 그래도 해야 했다.

나는 세 달 정도의 기간을 보고 있다.

카터를 만나는 대로 필요한 약초들을 부탁할 것이고 그 약초들로 만든 치료제는 내 몸 상태를 단계적으로 회복시켜 줌과 동시에 입맛을 돋우게 할 것이다.

내 병을 치료하기 위해 들어가는 약값만 절약해도 집안의 형편은 꽤 나아진다.

이 몸에 필요한 것은 비싼 약이 아니었다.

어머니는 그것도 모른 채 힘들게 번 돈을 효험이 좋다는 약을 사기 위해 쓰곤 했었다.

"오빠."

"응?"

"오빠, 레논 오빠 맞지?"

"왜?"

"내가 아는 우리 오빠가 아닌 것 같아서. 오빠 이렇게 쉬지 않고 뭔가를 계속하고 있는 거, 정말 오랜만에 보는 것 같아."

레니가 말끝을 흐렸다.

나는 대답 대신 레니의 머리를 쓰다듬어 주었다.

작은 변화에도 행복해하는 여동생을 나는 아끼지 않을 수가 없다. 하지만 이번 삶이 끝나면 어떤 식으로든 레니와의 인연이 끝날 거라 생각하니 가슴이 먹먹해져 왔다.

하나 그래도 돌아가야 한다.

이곳의 가족과 정이 든 것은 사실이지만, 내가 있어야 할 곳은 여기가 아니니까.

비록 대한민국에서의 삶이 휘황찬란했던 이곳과는 다른, 평범한 소시민으로서의 특색 없는 삶이라 할지라도 돌아가야 한다.

"오빠는 이제 바쁘게 살 거야. 어쩌면 나중에 이렇게 한가롭게 이야기 나눌 시간도 없어질지 몰라."

"정말? 오빠 뭐 할 건데? 자는 거 말고 할 거 있어?"

천진난만하게 아무 생각 없이 되묻는 말이지만, 정곡을 제대로 찔린다. 상당히 슬픈 이야기다. 자는 것 말고 할 것이 있냐는 말.

물론 이제는 많아질 것이다. 어쩌면 자는 것도 아껴가면서 시간을 보내야 할지도 모른다.

"오빠는 우선 말이야. 돈을 벌 거야. 먼저 레니와 어머니가 돈 걱정 안 하고 살 수 있게 기반을 마련해 줄 거야."

"우와, 그게 가능해? 돈 버는 거, 정말 어렵잖아."

아니, 어렵지 않아. 오빠는 방법을 알고 있거든.

나는 눈빛으로 레니에게 말해주었다. 오빠를 믿어봐, 이번 삶에서도 고생은 길게 하지 않게 해줄게. 조금만 기다려 줘.

"오빠에게 좋은 생각이 있거든."

"뭔데? 나쁜 일은 아니지?"

"응, 아니야. 기다려 봐. 오빠가 몸이 많이 나아지면, 그때 자연스럽게 알게 될 거야. 정말 재밌는 일이 생길 거거든."

"괜히 그러니까 더 궁금해지잖아! 에이!"

레니가 입술을 삐죽 내밀었다.

나는 그런 레니의 머리를 한 번 더 쓰다듬어 주고는 다시 들고 있던 나무 막대를 들었다가 내리기를 반복했다.

계획은 이미 머릿속에 정리되어 있었다.

대박까진 아니더라도, 충분히 미래를 위한 밑천으로는 쓸 수 있는 아이템이 있었던 것이다. 이를 위해서는 우선 내 건강이 필수였고 다음으로 조력자인 카터가 필요했다. 약간의 배짱도 있으면 좋다.

"토키 백작."

나는 혹시나 까먹지나 않을까 하는 노파심에 이름을 한 번 되뇌었다.

토키 백작.

저 사람이 나와 카터의 앞길을 열어줄 사람이다.

왜냐고?

전대미문의 정력제, 키아그라의 첫 복용자이자 약효를 널리 알려줄 전도사가 될 사람이니까.

원래의 역사대로라면 1년 후에 약초꾼들에 의해 발견되어 약 2년의 시간이 흐른 뒤 정력제에 필요한 특효약으로 팔리게 되지만. 나는 이 시기를 앞당길 수 있는 기억이 있는 것이다.

* * *

"카터 오빠!"

"레니, 잘 있었냐? 뭐하냐, 네 오빠는? 오늘도 자고 있냐?"

"응? 아니! 운동하고 있는데?"

"헐, 네 오빠가 운동을 하고 있다고?"

"응!"

"오늘 해가 서쪽에서 떴나?"

문밖에서의 대화지만, 다 들린다.

아니, 들으라고 하는 얘기다. 쓴소리를 쉽게 하지 못하는 어머니와 레니를 대신해, 내게 악역을 전담하고 직설을 내

뱉던 게 녀석이니까.

말은 가끔 강하게 하는 구석이 있어도 성실하고 누구보다도 남을 배려하는 마음이 컸다.

하지만 생긴 것만 우직하게 생겼지, 약초꾼들 사이에서는 호구로 통한다.

벌써 약초꾼들을 따라다닌 지가 4년인데, 여전히 막내 신세를 못 면하고 있다.

좋은 게 좋은 거라고 불합리한 수익 배분율도 그대로 냅둬서, 다른 동료 약초꾼들이 거금을 손에 넣을 때 녀석은 몇 푼 얻는 게 고작이었다.

생긴 게 듬직해 보이고 할 말은 하는 성격이더라도, 결국 녀석도 열여섯 살이다.

성적으로야 알 것 다 알 나이일 수도 있지만, 사회적으로는 초년생이라고도 하기 민망할 나이다.

그래서 일적인 부분에서는 부족한 점이 많았다. 하지만 카터에게도 장점이 있다.

바로 장사 수완이다.

카터가 약초꾼 생활을 하면서 큰돈을 벌지는 못했어도, 집안이 넉넉한 것은 카터의 재치 있는 입담 덕분이다.

녀석은 약초를 가공해서 만든 약이나, 아니면 약초꾼들 사이의 계약에 묶여 있지 않은 약초를 팔았는데 그 벌이가 짭짤했다.

대한민국 쇼호스트는 저리가라 할 정도였다. 사기까지는 아니어도, 듣고 나면 혹해서 살 수밖에 없을 멘트들을 속사포처럼 쏟아내곤 했다.

그렇게 카터의 광고 1절, 2절을 모두 들은 고객들은 여지없이 약초나 약을 샀다. 매우 합리적인 가격에 좋은 물건을 샀다고 생각하며.

"야!"

문을 활짝 열며 카터가 안으로 들어선다. 산 내음이 물씬 풍긴다. 몸에 좋은 향기라고 생각하니, 그 내음만으로도 기운이 솟는 것 같다.

"왔냐."

"왔냐가 아니라, 너 지금 뭐 하고 있는 거야. 무슨 바람이 불어서 운동이야?"

"무슨 바람이 불어야 운동을 하냐? 원래 하는 게 정상인 건데 안 했던 내가 비정상인거지."

"지금 네 스스로를 비판하고 있는 거냐?"

"그렇게 됐다."

부정할 수 없는 사실이기에 나는 고개를 끄덕였다.

"야, 오늘이 날은 날인가 보다. 네가 안 하던 운동도 하고 있고 평소보다 약초들도 많이 캤고 카그나스도 한 뿌리 건졌다. 이번 달 보너스는 두둑해졌다고 봐야지."

"넌 어차피 맛만 보는 정도잖아?"

"그래도 그게 어디냐! 다들 잘됐으면 좋은 거지. 뭐 그렇게 박하게 생각할 필요 있어?"

카그나스. 인삼보다는 귀하고 산삼보다는 좀 더 자주 볼 수 있을 정도의 약초다.

카터의 말대로 일당 외의 보너스 금액으로 치기에는 더할 나위 없이 좋은 물건이었지만, 카터의 손으로 들어갈 수 있는 금액은 판매금의 4% 정도다. 나머지 96%는 여섯 명의 약초꾼들이 나눠 갖는다.

대단히 불합리한 분배 계약인데, 그럼에도 불구하고 카터가 이 팀에 있는 것은 구성원들이 전부 한 실력 하는 사람들이기 때문이다.

배우기 위해서. 그 대가를 준다고 생각하고 남아 있는 거야. 꾼들의 습성, 생각, 행동을 읽기 위해서.

카터는 왜 그곳에 남아 있냐고 묻던 내게 항상 이 대답을 해줬었다.

실제로 그들과의 경험이 계기가 되어 만드라고라를 캐내게 되는 것이기도 하다. 하지만 함께 일하고도 분배가 4배

나 차이가 난다는 사실은 매번 볼 때마다 울화가 치미는 일
이었다.

"부탁 좀 하나 하자."

살짝 운을 뗐다. 내게 필요한 치료제 재료들을 구해다줄
수 있는 것은 카터밖에 없다. 돈으로 사기에는 또 아까운
약초들이다.

"어떤 부탁? 왠지 불안해진다?"

알아. 부탁한다고 해놓고 말도 안 되는 치료약 구해달라
고 예전 그놈이 떼썼던 거. 참 진상도 이런 진상이 없지.

"그쪽 포인트에서 비타미네나 아로마스는 많이 나오지?
좀 깊숙하게 들어가야 하겠지만."

"많이 나오긴 하지. 돈이 안 되니까 캐지는 않지만."

지금 내가 하는 부탁은 비유하자면 심마니들에게 꽃 한
송이 꺾어다 주세요, 하고 부탁하는 꼴이다. 그것도 좀 시
간을 들여야 꺾어다 줄 수 있는 꽃을. 다른 약초꾼들이면
괜히 수고를 하고 싶지 않은 부탁인 셈이다.

"그것들을 좀 캐다줄 수 있을까? 이왕이면 많이. 아니면
갈 때마다 조금씩 캐서 갖다 줘도 좋고. 내가 가서 직접 캐
고 싶지만, 그럴 힘이 없어서 힘들 것 같다."

"야! 직접 캐긴 뭘 캐! 그 몸 가지고 어딜 가겠다고."

"그러니까. 부탁 좀 하려는 거야. 산행에서 계획에 없는

약초를 캐는 건 별도로 시간을 허가받아야 한다면서."

카터는 바로 내 걱정부터 한다. 카터가 산행이 끝나고 나면 항상 우리 집을 찾아오는 것은 다른 이유에서가 아니다. 내 건강이 걱정되기 때문이다.

나는 알고 있다.

우리 가족이 카터가 보태주는 생활비로 살았던 적도 있었다는 것을.

지금의 어머니는 내게 이런 사실들을 비밀로 하고 있지만, 과거의 삶을 통해 안 사실이기에 나에게는 비밀이 아니다.

카터는 그래서 더 고마운 친구다.

"이제는 짬이 돼서, 잠깐 시간 내는 건 어려운 일이 아냐. 그런데 비타미네와 아로마스는 왜? 어디 쓸데가 있는 거야?"

"응."

"그거 그냥 흔한 약초잖아? 네 몸에 쓰려는 거면 좀 더 좋은 걸 구해와야 하지 않겠냐."

카터가 당연한 반응을 꺼낸다. 따로 먹으면 효과가 없다. 적당히 비율을 나누어 배합하는 과정을 거쳐야 하는데, 굳이 흔한 약초를 애써 구해다가 먹을 일이 없다보니 일반인에게는 생소할 뿐이다.

"괜찮아, 그거면 돼. 미안하지만 신세 좀 지자."

"야, 됐다. 신세는 무슨. 어려운 거여도 널 위해서라면 구해다 줬을 거야. 그러니 미안해하지 말고 기다려. 이번에는 타이트하게 일정이 잡혀서 내일 아침에 또 바로 떠나거든. 늦지 않게 구해다줄게."

"고맙다."

"새삼스럽게 뭔 고맙다는 말을 하냐. 그런 말 필요 없다. 그냥 난 네가 건강하면 돼. 다른 건 없어."

카터가 씨익 웃는다.

이 녀석은 웃는 모습이 꽤 매력적인 녀석이다. 반면에 나는 웃는 모습보다는 무표정한 모습이 어울린다는 이야기를 종종 듣곤 했었다.

언제부터인지는 잘 모르겠다.

수많은 시련과 고난. 남들은 평생을 살아도 경험하기 힘든 일들을 수십 번은 더 넘게 경험하고 나니, 웬만한 일들에는 무덤덤해졌다.

웃어야 할 때 웃음이 잘 나오지 않고 울어야 할 때도 눈물이 잘 나오지 않는다. 모든 상황을 이성적으로, 객관적으로 보게 된다. 심지어는 사람의 감정까지도.

감정이 한쪽으로 치우치는 것을 막기 위해, 나는 항상 지금의 삶을 처음이라 생각하며 마음을 환기시키고 스스로를 채찍질하곤 했었다.

감정은 너무 변화무쌍해서도 안 되지만 무미건조해서도 안 된다. 내가 그에게 마지막으로 떠나기 전에 말했던 것처럼, 필요한 상황에 필요한 감정에 맞게 움직일 수 있어야 했다.

"카터."

"아, 이 자식. 오늘 따라 왜 이렇게 무게를 잡아? 자꾸 설레게……."

"넌 정말 좋은 친구야. 오늘 일은 꼭 보답할게. 기다려, 내게 좋은 생각이 있으니까. 우선 몸부터 건강해지고 보자."

"니가 건강해지는 게 보답이다. 잔말 말고 쉬어라. 피곤하다, 나 간다!"

대화가 자신에 대한 칭찬으로 이어지자, 괜스레 부끄러워진 카터가 자리에서 일어섰다. 카터는 칭찬에 참 약하다. 그리고 듣기를 부끄러워한다.

같은 약초꾼 동료들에게 매번 타박받고 혼나는 것이 일상이라 그런지, 칭찬 자체를 부담스럽게 여기는 경우도 종종 있었다.

약초꾼 동료들의 칭찬은 곧 자신의 고생으로 이어진다는 조건반사적인 기억을 갖고 있기 때문이기도 하다.

카터가 떠나고.

막 집에 돌아온 어머니와 레니의 저녁 준비가 한창인 동안, 나는 창가에 걸터앉아 생각에 잠겼다.

이번에는 어떤 미래가 펼쳐질까. 모든 것이 내 생각대로 돌아갈까? 아니면 생각지도 못한 변수가 생겨날까?

"오빠, 저녁 먹자! 맛있는 저녁!"

하루 중에 가장 레니가 들뜨는 시간, 저녁 시간을 알리는 명랑한 목소리가 들려온다. 평범한 가정의 저녁 모습이기도 하다.

100번째로 시작하는 나의 첫 저녁 식사이기도 했다.

이제 시작이다.

이번에는 반드시 시원하게 마침표를 찍을 생각이다. 반드시.

그렇게⋯ 지상 최대의 과제가 생존이었던 3달의 시간이 무사히 흘렀다.

그리고 해가 바뀌어 나는 열일곱 살이 되었다.

3장

첫 번째 계획

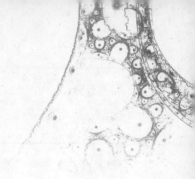

"이 맛은 정말 수백 번을 마셔도 적응이 안 되는군. 한약
도 이 정도는 아닌데."

약초를 달인 물을 쭉 들이켠 나는 인상을 잔뜩 찌푸렸다.
세상에는 아무리 먹어도 둔감해지기 힘든 몇 가지 맛이 있
는데, 그중에 하나가 바로 이 쓴맛이다.

단맛이나 매운맛은 먹다 보면 적응이 되는데, 쓴맛은 먹
을 때마다 항상 인상이 찌푸려진다. 참아보려 해도 참아지
지 않는 것이다.

온기를 미금고 있던 물을 마신 덕분인지, 몸이 순식간에

덮혀졌다.

"후우. 후우. 후우."

나는 그 상태로 앞에 놓인 평평한 바위를 이용해 팔을 굽혔다 펴기를 계속해서 반복했다.

불과 세 달 전에는 앙상한 뼈마디에 살가죽만 붙어 있었던 팔이 지금은 제법 쓸 만한 모습이 되어 있다. 이두와 삼두 언저리에 라인도 잡히기 시작했고 삼각근도 꽤 발달했다.

전반적으로 몸 전체에 살과 근육이 동시에 붙으면서 과거의 모습이 기억나지 않을 정도로 외형이 발달했다.

물론 아직 만족할 단계는 아니다.

꾸준히 몸을 키울 필요가 있다. 하지만 이 정도면 3개월 전에 뼈만 남아 있던 모습에 비하면, 괄목할 만한 성장이었다.

170㎝의 키에 52㎏밖에 나가지 않았던 몸도 이제는 66㎏ 수준까지 올라왔다.

내가 생각하는 몸이나 기타 신체 조건이 만족할 만한 정도가 되려면, 앞으로 5㎏ 정도는 더 찌워야 한다.

그 이상이면 좋고.

키는 몇 개월 정도의 간격을 두고 지금에서 10㎝ 이상은 더 클 것이다.

3개월의 시간 동안 나는 몸 상태를 최대한으로 끌어올리고 이후 마법을 배우기 위한 사전 작업을 해놓는 데 집중했다.

내가 수많은 검수 과정을 거쳐 정립한 연성법은 꽤 도움이 됐다.

아직 부족한 점이 많지만, 이제 마나의 흐름을 몸으로 느낄 정도는 됐다.

아주 작은 크기이지만 마나 홀도 생겼다. 즉, 이론적으로는 마법사의 준비가 된 몸 상태라는 뜻이다. 다만 아직 육체적, 정신적인 회복이 덜 되었기 때문에 시간이 좀 더 필요했다.

여기서 우선적으로 마법을 수월하게 구사할 수 있는 기반이 마련되려면 3개월 정도가 더 필요하다.

이는 내가 계산한 절대시간으로 단축할 수 없다. 서두르면 서두를수록 마음만 쫓겨, 오히려 시간이 더 늘어나게 되는 것이다.

그 다음은 마나 홀을 두 개로 나누는 일이다.

여기서부터 나는 대다수의 마법사들이 진리처럼 생각하는 관념에서 벗어나게 된다.

왜냐고?

백마법과 흑마법을 동시에 아우를 수 있는 작업을 진행

하게 되기 때문이다.

이 방법을 알기까지가 무척이나 오래 걸렸다. 날려 버린 삶의 수도 상당했다.

내가 수많은 삶을 살면서 느낀 것은 정통 백마법, 흑마법으로는 극의에 다다를지언정, 드래곤을 뛰어넘을 절대적인 존재는 될 수 없다는 점이었다.

드래곤은 존재 자체로 그 고귀함을 인정받는 자들이다. 그리고 인간들을 천하게 생각하며, 때때로 인간에게 공포의 대상이 되기도 한다.

드래곤의 그러한 생각에는 인간의 검술과 마법이 가진 한계에 대한 인식이 깔려 있다. 9클래스의 마법은 드래곤에게 도전할 수 있을 법한 눈높이는 만들어 줄지언정 그 이상이 되지 못하고 마스터들의 오러도 마찬가지다. 넘어서는 게 불가능하다.

나 역시 9클래스의 백마법사, 9클래스의 흑마법사로서 모든 삶을 살아봤지만…….

결과는 패배였다.

"이제 한 새벽 다섯 시쯤 됐을까?"

아직 어두운 새벽이다. 어머니와 레니는 곤히 잠들어 있다.

언제부터인지 모르겠지만 나는 세상 전체가 고요함에 빠

지는 새벽을 즐겼다. 홀로 적막과 고독을 삼키며 스스로에
대해 충실할 수 있는 시간.

그 시간이 바로 새벽이었다.

그래서 이른 저녁에 잠을 청하고 새벽 일찍 일어나 이렇
게 운동을 했다.

미래에 대한 계획이나 생각도 이때 즈음에 했다. 자고 일
어나 상쾌한 새벽 공기를 마시며 다듬는 생각이 가장 완벽
했고 깔끔했다.

이미 내 앞에는 매끄럽게 잘 만들어진 장작이 놓여 있다.
레니와 어머니가 깨어나기 전에 미리 밥도 해둘 생각이다.
몸 상태가 호전되면서 집안일을 분담했던 나는 종종 이렇
게 밥도 하곤 했다.

레니와 어머니는 좋아라 했다. 내가 만든 밥이 가장 맛있
다고 한다. 정말 맛이 있어서 그런 게 아니라, 내가 이렇게
건강해져서 가사에 보탬이 되는 것만으로도 기분이 좋아져
맛이 그렇게 느껴지는 것이겠지만.

그러면 어떻고 저러면 어떠랴? 상관없었다.

*   *   *

확실히 나에게 들어가는 약값의 지출이 줄고 카터가 구해온 약초들을 이용해 만든 미니 포션(Mini Potion)이 마을 사람들에게 쏠쏠하게 팔리면서 집안에는 돈이 조금씩 쌓이고 있었다.

미니 포션은 힐링 포션이나 마나 포션 같은 거창한 것이 아니라, 아침에 마시는 미숫가루처럼 포만감과 든든함을 주는 효과가 있었다.

모든 이들이 아침을 반드시 챙겨먹고 또 꼬박꼬박 끼니를 밥과 고기로 채워가며 생활을 하는 것이 아니었기 때문에 이런 대용식은 꽤 인기가 있었다.

특히 카터처럼 집에 있는 시간보다 밖에 있는 시간이 길어, 항상 마른 빵이나 딱딱해진 주먹밥을 먹어야 하는 사람들에게는 더 반응이 좋았다.

어머니는 제과점 주인 바톤 씨의 허락을 얻어 바톤 제과점에서 미니 포션들을 팔았는데, 판매량이 점점 늘고 있어 바톤 씨가 정식으로 납품 계약을 체결하자고 할 정도였다.

물론 계약은 이루어지지 않았다.

생각보다 내 손이 많이 가는 작업인데다가, 앞으로 진행할 다른 계획들이 그 이상의 수익을 가져다 줄 수 있기 때문이었다.

"후우. 후우."

나는 계속해서 팔굽혀펴기를 반복했다.

처음에는 한 번을 내려갔다가 올라오는 것이 그렇게도 힘들었던 팔굽혀펴기인데, 이제는 중간중간 휴식만 잘 취하면 하루에 수백 개씩 하는 것도 가능했다. 긍정적인 변화다.

점점 달빛 아래의 어둠이 걷히고 박명이 시작되고 있었다.

오늘은 특별한 날이기 때문에 평소보다 빠르게 마을의 아침이 시작될 것이다.

내가 살고 있는 마을, 키리아트 마을의 축제 기간이기 때문이다.

＊　　　＊　　　＊

키리아트 마을의 축제 기간은 전통적으로 마을 전체의 행사임과 동시에, 짝이 없는 남녀가 한데 어울려 호감을 가진 이성에게 속마음을 표현하거나 고백하는 날이었다.

그래서 축제 기간을 전후로 해서 많은 커플이 생겨났고 그 즈음해서 결혼하는 남녀가 많았다.

"아이린."

오늘 필연적으로 만나게 될 사람의 이름이 떠오른다.

아이린. 바로 카터의 여동생이다.

내 여동생인 레니와 동갑이지만, 생각이 깊고 영민하여 마주하고 있을 때면 동년배들에 비해 성숙하단 생각이 들 정도였다.

내가 새로운 삶을 살 때마다 가장 먼저 마주하게 되는 여인이었고 그러다 보니 자연스럽게 사랑에 빠졌던 적도 많았다.

결혼도 몇 번을 했다.

그녀에게는 첫사랑과의 결혼이었겠지만, 나에게는 환생하며 반복된 결혼의 삶이었기도 했다.

하지만 나는 과거에 아이린에게 독살을 당했던 기억이 있다.

당신을 사랑하기 때문에 이렇게 선택한 거야. 우리 저세상에서는 꼭 행복하자, 이 세상에서는 행복하지 못했지만……

이유는 의부증. 내게 있지도 않은 여자를 있다고 생각하고 의심을 했던 것이다. 아니라고 할수록 그녀는 더 의심했다.

종국에 이르러서는 지금의 현실이 불행의 원인이라 판단했는지, 내가 즐겨 마시던 커피에 독약을 넣었다.

그리고 점점 몸이 뻣뻣하게 굳어가며 숨이 끊어지고 있던 나를 바라보며, 아이린은 자신을 위해 남겨둔 독약을 마셨다. 그리고 내 옆에서 죽었다.

"이번에도 날 따라다니겠지?"

인상이 절로 찌푸려진다.

남자라면 자신을 좋아하고 따라다니는, 그것도 미인인 여자가 있다면 마다할 사람은 없을 것이다. 아이린은 딱 그런 사람이다.

생각이 깊고 배려심이 많으며 마음이 곱다. 그리고 연인이 아닌 배우자감으로서도 손색이 없을 현모양처의 모습을 모두 지니고 있다. 뿐만 아니라 외모는 미인이라는 말로도 수식하기 힘들 정도로 아름다우며, 몸매 역시 우월하다.

하지만 치명적인 성격의 결함. 사랑하는 상대를 끊임없이 의심하고 사랑을 확인하고 싶어 하는 것이 아이린의 최대 단점이었다.

나는 몇 번이고 아이린의 단점을 알면서도 이번에는 다르겠지 하는 생각으로 그녀와 사랑에 빠지곤 했었다.

그녀는 내가 별 볼 일 없는 짐꾼의 삶을 살아도, 마법사의 삶을 살아도, 떠돌이 장사꾼의 삶을 살아도 늘 나를 사랑해 줬다.

하나 성격의 결함은 고쳐지지 않았다. 그리고 늘 그녀와의 결혼 생활은 불행함의 연속이었다.

이번에도 그녀는 나를 보는 순간 한눈에 사랑에 빠질 것이고 내가 아닌 다른 사람은 보지 않게 될 것이다.

누군가가 나만 바라봐 주고 사랑한다는 것, 생각하는 것만으로도 설레는 감정이다.

"후우."

한숨이 절로 쉬어진다.

때때로 어떤 미래들은 아무리 반복해도 변하지 않기도 한다. 그중의 하나가 아이린이다.

나는 그녀의 하나부터 열까지, 심지어 그녀의 몸 구석구석에 위치한 작은 성감대들까지도 모두 알 정도로 그녀를 잘 안다. 그래서 그녀와 가까워질 수 없다.

불행해질 것을 알면서도 인연을 시작하는 건, 내가 원하는 바가 아니다.

"슬슬 떠날 때가 됐군."

이번 축제가 끝나면, 나는 카터를 설득해 약초를 구하기 위한 산행을 떠날 생각이었다.

지금껏 이 세계에 존재하지 않았던 정력제, 키아그라를

만들 약초를 구하기 위해서다. 레니에게 호언장담하듯 말했던 돈벌이의 시작이다.

이를 통해 번 돈은 앞으로 있을 본격적인 마법 연성을 위한 밑거름이 될 것이다.

왜? 내게 반드시 필요한 아티팩트와 반드시 읽어야만 하는 금지된 마법서가 있고 이것들을 사야 하기 때문이다.

이 물건을 파는 사람은 제국 전체에 단 한 사람, 장사꾼 로난밖에 없다.

그리고 로난은 장사꾼이라기보다 사기꾼에 가까울 정도로 흥정이 뛰어나고 쓰레기도 금으로 둔갑시켜 파는 사람이다.

장사에는 미쳐도 단단히 미친 사람이다. 그래서 미친 가격을 쳐 줘야 하지만 그래도 사야만 한다.

사지 못하면 내가 계획하고 있는 마법 연성은 전혀 다른 길로, 그것도 한참을 우회하는 길로 빠져야만 하기 때문이다.

* * *

"이야, 레논! 너 정말 몰라보게 달라졌다. 그렇게 몇 년을 고생한 몸인데, 이렇게 나아질 수 있는 거냐?"

"신경 써주신 덕분이죠. 계속 좋아지고 있습니다. 앞으로 더 좋아져야죠."

"이번에 좀 서운했다! 미니 포션을 좀 더 만들어줬으면 좋을 텐데, 매일 그게 정량인 게냐? 게다가 이제 슬슬 안 만들 거라면서?"

"생각보다 손도 많이 가서요. 아니면 제조법이 궁금하시면 제게 그 방법을 구입하셔도 되구요. 저만 알고 있는 비법이라 어떤 약초를 섞어야 하는지 모르실 겁니다."

제과점 주인 바톤 씨는 미니 포션을 더 못 팔게 되었다는 것이 꽤나 아쉬운 모양이었다. 제과점에 빵을 사러 오는 손님들도 많았지만, 미니 포션 때문에 오는 손님도 부쩍 늘어 있는 요즘이었다.

미니 포션의 판매가 종료되면 겸사겸사 빵까지 살 생각으로 왔던 손님들의 발길이 다소 끊어질 수도 있으니 바톤 씨로서는 아쉬운 것이다.

그래서 나는 제안을 던졌다.

원하면 제조 기술을 내게서 사라는 것이다. 이 미니 포션의 제작에 들어가는 재료를 알고 있는 것은 나와 카터밖에 없으니까.

둘이서 입을 다물고 있는 한, 재료와 혼합 비율을 알아내기까지는 시간이 꽤 걸릴 터다.

"레논, 이 녀석. 아주 당돌해졌어? 그래, 그래도 네가 이렇게 건강하게 걸어 다니니 기분이 좋다! 좋아, 긍정적으로 생각해 보지! 내가 일주일 안으로는 답을 줄 테니, 그 전까지는 다른 데서 입질이 들어와도 팔지 않기다?"

"그럼 일주일 안으로 말씀해 주세요."

"오냐! 하하하하!"

아침부터 시작된 마을 축제는 점심을 지나, 초저녁에 접어들면서 더욱 분위기가 무르익었다.

축제의 장이 된 마을회관 근처는 환하게 밝혀진 횃불들로 가득했고 서쪽 하늘의 붉은 저녁노을은 운치를 더했다.

어머니와 레니는 여기저기 돌아다니면서 맛있게 만들어진 음식들을 먹느라 정신없었다.

점심때까지 두 사람과 함께 축제를 즐겼던 나는 예정보다 조금 빠르게 산행을 마치고 돌아온 카터를 기다리고 있었다.

카터가 청춘 남녀의 연애의 장인 이 축제에 달리 관심이 없는 것은 다른 이유에서가 아니다. 이미 부인이 있기 때문이다.

반년 전에 결혼을 한 카터는 집안의 어엿한 가장이었다. 카터의 결혼은 상당히 이른 결혼으로 당시에도 마을에서 큰 화제가 되었었다.

"레논!"

카터의 목소리가 들린다.

고개를 돌리면 그 옆에 곱디고운 여인 하나가 서 있을 것이다. 눈길을 어디다 둬야 할지 모를 정도로 아름다운 여인이.

"왔구나, 카터."

"알지? 내 여동생 아이린."

"모를 리가 없지. 예전에도 본 적이 있으니까. 근데 못 본 사이에 훌쩍 컸네."

"아, 아, 안녕하세요, 레논 오빠!"

어색한 삼각 인사가 이루어진다.

레니의 말에 따르면 아이린을 마지막으로 본 것이 여덟 살 때였다고 했다.

그 뒤로는 레논이 줄곧 집 안에서만 생활하며 외부와의 접촉을 줄여 왔으니까.

안타깝게도 내게 열여섯 살 이전의 기억은 전혀 없다. 간접적으로 전해들은 사실들만 알고 있을 뿐이다.

"카터, 잠깐 얘기 좀 가능할까? 전부터 계속 말해왔던 일을 추진하려고 하는데."

"산행 말이야? 너 괜찮겠어? 요즘 몸이 많이 좋아진 것 같긴 하다만… 그쪽 포인트는 산길에 보통 험한 게 아니라서. 각오 단단히 하고 가야해."

"그래서 3개월을 꼬박 정말 쉬지도 않고 운동해 온 거 아니냐. 꾸준히 약도 챙겨 먹었고. 이제 제법 네 덩치의 칠 할은 따라잡지 않았냐?"

"야… 진짜 네가 개발한 미니 포션은 걸작이긴 해. 든든하긴 하더라. 도대체 어디서 그런 걸 알아낸 거냐? 형님들도 물어보시더라. 이건 약초를 하나하나 비교해 가면서 배합법을 연구하지 않으면 모를 거라고."

"저도 들었어요. 레논 오빠가 개발한 포션이라면서요? 저도 마셔봤는데, 한 잔 마시고 배가 엄청 불러서 살찌는 줄 알았어요!"

카터에게 살짝 운을 뗀 사이 자연스럽게 아이린이 대화에 스며든다.

아이린의 시선은 내게 고정되어 있다.

아이 컨택, 저 아름다운 눈빛에 첫 만남에서 마음을 빼앗겼었다.

영화 속에서나 볼법한 지고지순한 사랑으로 연애를 했고 행복한 미래를 꿈꾸며 결혼했다. 그리고 결과는 알다시피 죽음으로 끝났다.

"많이 든든하긴 하지. 덕분에 나도 이렇게 몸이 불었잖아? 카터, 괜찮으면 잠깐 걷자. 아이린, 저쪽 코너에 가면 어머니와 레니가 있을 거야. 가서 인사드리고 같이 있어. 네 오빠와 잠시 얘기 좀 할게."

"아, 그, 그럴까요? 알았어요, 그렇게 할게요."

좀 더 얘기하고 싶은데, 이렇게 보내는 거야? 레논 오빠는 내가 마음에 안 들어?

아이린의 눈빛이 내게 그렇게 말하고 있는 것 같다. 늘 그랬던 것처럼 눈빛이 흔들리고 있기 때문이다.

나는 차갑게 고개를 돌렸다.

그리고 카터와 함께 축제장을 살짝 빠져나와 외곽의 길을 따라 걷기 시작했다.

*   *   *

"내 여동생이지만 많이 예뻐지지 않았냐? 솔직히 우리 마을에서 아이린보다 예쁜 아이는 못 봤다. 레니도 우리 아이린에 비하면 한 수 모자라지. 안 그래?"

"난 레니만 한 여자아이를 본 적이 없다. 아이린은 레니에게 배워야 할 것이 많아. 음식도 아직 잘 못한다면서?"

"야! 그거야 금방 배우면 되지, 임마."

은근슬쩍 카터가 운을 뗀다.

카터는 아이린과 나 사이에 다리를 놓고 싶어 한다. 항상 그랬었다.

나중에 이유를 물어봤던 적이 있다. 왜 네 여동생을 나와 엮어주려고 했었냐고.

그때 카터가 말했었다. 내가 세상에서 가장 믿을 수 있는 친구니까, 내 여동생도 믿고 맡길 수 있을 거라 생각했다고.

친구로서의 남자와, 배우자나 연인으로서의 남자는 다르다. 카터는 순진한, 아직은 어린 열일곱의 청년이었다.

"그나저나 전부터 얘기했던 산행, 이제 시작하자. 몸도 확실히 올라왔고 틈틈이 수련한 검술도 익숙해졌다. 좋은 선생을 두고 배운 건 아니지만, 그래도 쓸 만은 할 거다."

"레논, 검술이 세 달 연습한다고 해서 배워지는 거였으면 개나 소나 다 검사가 되지 않겠냐?"

수십 번의 삶을 반복해서 살다보면 기억하고 싶지 않아도 다 하게 돼. 사소한 동작 하나까지도 디테일하게.

카터에게 들려주고 싶은 말이었지만, 어차피 이해하지 못할 것이다.

만약 내가 수많은 삶을 반복해서 살아왔다는 사실을 말해준다면, 그리고 그 말을 믿게 된다면… 카터는 궁금해할 것이다.

자신의 미래는 어떠한지.

나는 카터에게 이 미래를 얘기해 주고 싶지 않았다.

녀석이 들어서 좋을 이야기들이 별로 없으니까. 그리고 지금으로서는 그 미래가 바뀔 것이란 확신이 잘 들지 않는다.

"적어도 내 몸은 지킬 수 있단 얘기지. 아무튼 준비됐어? 나는 한 달 전부터 계속 준비해 왔어. 마침 네 팀의 산행이 이번 축제를 끝으로 한 달간 휴식기에 들어간다기에 이때가 가장 좋지 않을까 해서."

"그래, 오늘로 끝났지. 한 달 동안 백수이긴 해. 그 뒤로도 형님들이 이끌어주시지 않으면 그때부터는 혼자 뛰어야지, 뭐. 근데 도대체 무슨 약초를 구할 생각이길래 내용까지 비밀로 하면서 나한테 준비하라고 한 거야?"

약초에 대한 이야기는 카터에게도 철저하게 비밀로 했다.

내가 지금부터 카터와 함께 산에 가서 구하려고 하는 것은 바로 앞으로 스페디스 제국에서 대유행을 하게 될 정력제 키아그라의 제작에 쓰일 정력초들이다.

원래 순리대로 흘러간다면 1년 뒤 약초꾼들에 의해 그 정체가 밝혀지게 되고, 그로부터 2년의 시간이 지난 후에 스페디스 제국의 대상단 중 하나인 칼로크 상단에서 제국으로부터 독점 판매권을 보장받고 판매하게 된다.

그 후, 칼로크 상단은 키아그라 판매로 큰돈을 벌게 된다.

이를 통해 엄청난 돈을 손에 쥔 칼로크 상단은 기존에 그들이 축적하고 있던 자본력과 수익을 합쳐, 경쟁 관계에 있던 상단들을 모두 흡수합병하거나 말려 죽이는 식의 제로섬 게임(Zero—Sum Game)을 통해 승승장구한다.

그리고 이후 제국에 군수물자를 공급하는 거대 군상으로 거듭나게 된다.

여기서 사단이 발생한다.

스페디스 제국으로 들어오는 대부분의 물자가 칼로크 상단의 통제 아래 놓이게 되기 시작한 것이다. 그러면서 교묘한 매점매석이 횡행하기 시작했다.

사회적으로 큰 이슈가 될 문제였지만, 칼로크 상단은 황가를 비롯한 제국 관리들 전반에 대해 전방위적인 로비를 하면서 이러한 문제에 대한 입막음을 철저히 했다.

황제는 무능하며 관심이 없었고 황족들과 관리는 돈을 밝혔다. 그리고 칼로크 상단은 그들을 충분히 만족시켜 줄 만한 돈을 쥐어주었다.

비리의 삼위일체.

이후 칼로크 상단의 독점 현상은 더욱 심해졌고 급기야 국가가 상단의 눈치를 보는 기현상이 발생한다. 망조의 시작인 것이다.

하지만 내가 여기서 키아그라를 먼저 생산하게 되면, 칼로크 상단이 독점 판매권을 보장받고 거대 군상으로 거듭나는 미래는 사라지게 된다. 그 대신 다른 이름이 채워진다.

바로 레논—카터 상단이다.

"너와 나를 돈방석에 올려줄 약초를 구하러 갈 거다."

"무슨 소리야, 넌 산에도 제대로 올라가 본 적도 없잖아. 그런 귀한 약초를 어떻게 구하려고? 그거 쉬운 일이 아니야, 레논."

"내가 말도 안 되는 소리나 거짓말하는 걸 본 적 있어?"

"많지. 아, 3개월 전부터는 못 본 것 같다."

아, 정말 예전의 레논은…….

가끔 잊는다. 내가 오기 전, 원래의 몸 주인이었던 녀석이 얼마나 개판처럼 살았었는지를.

카터라는 이런 좋은 친구가 곁에 있었다는 사실 자체가 신기할 정도다.

"이번 한 번만 날 믿어 봐. 내게 생각이 있어. 너와 나, 그리고 네 가족과 우리 가족을 남부럽지 않은 부자로 만들어 줄 수 있는 생각이. 믿어 봐. 네 입장에서는 밑져야 본전이 잖아?"

확신에 찬 눈빛으로 나는 카터와 아이 컨택을 했다. 이 녀석은 진실된 목소리와 눈빛에 약하다.

지난 삶에서도 그랬지만, 이번 삶에서도 부자가 될 수 있는 좋은 기회야.

넌 거절하지 못할 거야, 둘도 없는 친구의 부탁이니까. 그리고 난 너가 필요해.

같이 가자.

나는 이런 감정들을 눈빛에 담아 강렬하게 카터에게 쏘아 보냈다.

그리고 마치 내 눈빛을 받아내기라도 한듯, 카터가 몸을 움찔거렸다.

"진짜 헛소리 같은데 왜 이렇게 솔깃하게 들리냐?"

카터의 눈빛이 흔들린다.

이 말을 곧이곧대로 믿는다면 그게 더 이상하다. 당연한 반응이다.

"친구와 오랜만에 같이 등산이나 한다고 생각하자. 그렇게 생각하면 편하지 않겠냐?"

"그래, 차라리 그게 낫겠다. 그럼 내일?"

"내일 동이 트면 바로 출발하는 걸로."

"좋아, 그렇게 하자. 예전부터 레논, 너한테 산 구경을 꼭 시켜주고 싶었는데 말이야. 잘됐다. 그 정도로 네가 건강해졌다는 사실이 기쁘고 또 기쁘다."

"나도 마찬가지다. 너와 같이 이제 어딘가를 가볼 수 있게 되어서 기쁘다."

손을 뻗어 카터의 손을 잡았다. 카터의 눈빛에서 아주 잠시 어색한 기색이 돌았지만, 이내 밝아지며 녀석이 내 손을 꽉 움켜쥐었다.

카터뿐만이 아니라, 내 주변에 있는 사람들이 3개월 전의 그날을 기점으로 달라지기 시작한 내 모습을 의아해한다. 긍정적인 변화이니 싫어할 리는 없지만, 어찌된 영문인지는 알지 못하는 것이다.

나는 주변 사람들의 그런 복잡 미묘한 감정들을 즐겼다. 전의 내가 어떻게 살았는지를 잘 알고 있기 때문에, 사람들이 나에 대해 어떤 생각을 하고 있고 변한 내 모습을 어떻게 평가할지도 예상이 된다.

바람직하게 변해가는 내 모습에 대한 긍정적인 감정의 변화라면 모른 척 즐기는 것도 삶의 소소한 재미였다.

카터의 표정 변화는 그런 나에게 즐거움을 주는 리액션이다.

"돌아갈까? 아이린을 혼자 두기도 그렇고. 아이린이랑 얘기도 좀 해볼래? 어머니와 레니한테 인사도 드려야 하고 부인이 먹고 싶어 하는 음식들도 잔뜩 사 가야지."

"일단 돌아가자. 그런데, 카터. 아기는 언제 가질 거냐?"

"가져야지. 응, 어? 뭐, 뭐라고? 아기? 아기… 그래, 아기. 아기 가져야지."

내가 툭 던진 한마디에 무심결에 답해 버린 카터는 얼굴을 붉혔다.

결혼과 아기, 뗄 수 없는 관계의 단어다.

운을 뗀 이유는 100%에 가까운 확신이 들어서다.

D−1이다.

내일 나는 카터와 사이좋게 정력초를 캘 것이고 현장에서 즉석으로 녀석에게 키아그라를 먹일 생각이었다.

남자는 본능에 충실한 동물이다.

그 본능을 최대치로 끌어올려 줄 충분한 작업이 이루어진다면, 젊은 청춘 남녀인 부부가 뜨겁게 불타오르는 것은 일도 아니겠지.

* * *

연회장으로 돌아온 나는 조용히 축제 분위기를 즐기며 생각에 잠겼다.

역시 마을의 전통 축제답게, 옷에 잔뜩 힘을 주고 나온 청춘 남녀들은 서로에 대한 구애를 하느라 정신이 없었다.

좋은 때다.

이런 말을 하고 있는 내 몸도 열일곱 살 청춘의 몸이지만 내 정신세계는 남들이 상상하는 그 이상으로 늙어 있다.

감정에 얽매이지 않고 초탈한다는 것은 쉬운 일이 아니다.

남자는 때때로 피할 수 없는 사랑의 욕망에 휩싸이기도 하고 아주 간단한 도발에 넘어가 이성을 상실하기도 하지만……

나는 그런 감정들을 효과적으로 통제하는 방법을 알고 있다.

물론 그렇다고 해서 내가 신이라는 것은 아니다. 매사에 있어 모든 감정을 무 잘라내듯 확실하게 잘라낼 수 있는 것도 아니다.

단, 생을 반복하면서 범한 실수에 대해선 완벽하게 원인을 인지하고 있고 그에 대한 결과물을 알고 있는 만큼 원인을 제공하지 않으려 노력하는 것이다.

"신분을 올리려면……"

전공을 세워야 한다.

앞으로 내가 해야 할 일들이 산더미지만, 그중에 몇 가지 중요한 점을 짚자면 역시 신분 상승이다.

이 나라에서 평민의 신분으로 할 수 있는 일은 농, 공, 상이 전부다.

신분 상승이라는 게 언뜻 돈을 많이 벌어 몰락한 귀족가의 족보를 사거나, 전문가를 통해 족보를 위조하면 수월할 것 같지만 그렇지가 않다.

전자는 그 자체가 하자다. 그렇게 하면 귀족이 될 수는 있다.

하지만 매물로 나온 귀족가의 족보치고 제대로 된 집안은 전무하다.

심지어 반역자의 후손이라든가 이방인 출신의 족보인 경우가 많다.

이럴 경우에는 아예 정계 진출길이 막히거나 한직으로 위치가 제한된다.

정말 재수가 없으면 뒤늦게 파헤쳐진 반역 사건으로 인해 연좌제로 처형되는 경우까지 있다.

그럴 일이 있을까 싶지만, 실제로 난 그렇게 처형당할 뻔한 적이 있다.

후자는 더욱 위험하다. 내가 속해 있는 스페디스 제국뿐만이 아니라, 각 국가들은 귀족에 대한 혈통 관리를 확실하게 한다.

그것이 곧 제국의 위엄이라고 생각하기 때문이다.

그렇기 때문에 새로운 귀족 가문이 생겨나게 되면, 새 귀족가를 심사하고 등록하는 몇 가지 연계 부처의 심사를 받게 되는데, 이 과정은 까다롭기로 유명했다.

즉, 이 과정에서 심사위원들에게 전부 뇌물을 먹여야 한다는 이야기다.

위조된 가문이 등록되는 것이니까.

문제는 여기서 붙는 입이 많은데다가, 이후 몇 번의 재심사 과정을 거치기 때문에 계속해서 돈을 써야 한다는 점이었다.

게다가 심사하는 동안 돈은 돈대로 받은 다음에, 나중에 변심하여 심사 통과를 안 시켜도 어디에 하소연할 길이 없었다.

키아그라 얘기를 할 때 짐작했겠지만, 대한민국이 존재하는 현대의 세계든 이곳, 스페디스 제국이든 남자들의 고민도, 정치계의 문제도 다를 게 없다. 세계만 다를 뿐이다.

"레논 오빠, 이거 먹어봐요. 닭고기 스튜인데 정말 맛있어요!"

내가 생각에 좀 더 잠기려는 찰나, 아이린이 내게 말을 걸어왔다.

카터가 어머니와 레니를 만나 인사를 나누는 사이, 바톤을 터치하고 자연스럽게 내게로 온 모양이었다.

"고마워, 잘 먹을게."

"레논 오빠."

"응?"

"건강해져서 기뻐요. 솔직히 우리 오빠는 저렇게 몸만 우락부락하고 실속이 없거든요. 레논 오빠는 보기 좋게 살도 붙고 옷맵시도 잘 나는 것 같아요. 오빠, 정말 멋있어졌어요!"

꽤나 적극적인 표현이다. 아이린은 항상 솔직했다.

부끄러움은 탈지언정 내숭은 없었고 사랑을 할 때도 늘 표현에 충실했다. 원하는 바가 있으면 내게 그런 부분을 확실히 요구했다.

좀 더 아껴달라거나, 혹은 만져달라거나 같은⋯⋯.

"아이린은 카터를 안 닮아서 다행이야. 네 오빠를 닮았으면⋯ 생각만 해도 끔찍하다."

"호호, 그렇죠? 저도 그렇게 생각해요! 오빠, 이제 우리 집에도 자주 놀러 와요. 레니도 오면 좋고 오빠만 와도 좋구요. 자주 만나요."

"그래, 아이린. 다음에 보자."

"벌써 가려구요? 축제는 이제부터 시작인데⋯⋯."

아쉬운 눈빛이 가득하다.

내 눈에는 보인다. 그녀의 속마음을 알고 있으니까. 나를 오늘, 그러니까 축제일에 봤을 때부터 좋아하게 됐다고 했다.

달라진 내 모습과 자신감에 찬 눈빛, 그리고 자신을 무심하게 대하는 모습에 반했다는 것이다.

그녀는 마치 나를 좋아하도록 프로그래밍이 된 기계 같은 느낌이었다.

내가 다정하게 대해주면 그래서 날 좋아했고 무심하게 대하면 그것대로 매력을 느껴서 좋아했다.

"응. 아직 몸이 완벽하게 좋아진 것은 아니라서 좀 쉬고 싶어. 아이린, 또 보자."

"네… 또 봐요, 오빠."

시무룩해지는 아이린의 표정에 혹시나 마음이 약해질까 나는 대충 이유를 둘러대고는 무덤덤하게 고개를 돌렸다. 그리고 어머니와 레니에게 일러두고는 집으로 향했다.

생각할 것들이 있었기 때문이다.

4장

블레도스 산으로

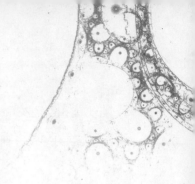

　"동선을 어떻게 가져가 볼까."

　집으로 돌아오는 길은 한산했다.

　축제장의 불빛이 집으로 가는 길까지 환히 비춰주고는 있지만, 대다수의 마을 사람들은 여전히 축제장에 있다. 그러다 보니 평소엔 사람들이 많이 다니는 대로도 지금은 마치 유령 도시처럼 조용했다.

　내가 깨어난 뒤, 3개월 이후를 첫 움직임의 시점으로 잡은 이유는 간단했다. 나와 카터가 떠날 산행의 목적지인 블레도스 산에서 이틀 후에 중요한 사람을 만날 수 있기 때문이다.

장소는 블레도스 산 초입에 위치한 여관 '라일란트'. 이 여관에서 이틀 후, 대마법사 메디우스가 머물다 가게 된다.

평민 출신의 마법사인 그는 내가 생각하고 있는 신분 상승의 길, 즉 전공을 세운 것을 계기로 공을 인정받아 귀족 신분을 획득한 케이스다.

물론 중요한 것은 그가 귀족이라는 신분을 어떻게 획득했는가가 아니라, 내가 왜 그를 만나야 하는지다. 바로 인연을 만들기 위해서다.

메디우스는 내게 있어 스승과도 같은 사람이다. 물론 그에게 가르침을 받게 되는 것은 훗날의 일이다.

그는 대마법사라는 호칭과는 맞지 않게 신분에 상관없이 다양한 사람들과 어울리기를 좋아했다.

구속받지 않는 자유를 즐기는 사람으로, 그가 블레도스 산에 오게 된 것도 여행을 떠나던 길에 머무르게 된 것이다.

이 시기, 메디우스에게는 큰 고민이 있었다. 모든 마법사의 숙원이자 최종 목적지이기도 한 9클래스로의 진입이 15년째 제자리걸음이었기 때문이다.

9클래스의 경지에 올랐던 대마법사들이 모두 노환으로

죽은 뒤, 일흔 살의 메디우스는 대륙 유일무이의 9클래스 마법사가 될 것으로 세간의 주목을 받았다.

메디우스는 사람들의 평판이나 자신을 두고 도는 이야기에는 관심을 두지 않는 사람이었지만, 자신의 마법적 성취에 대해서는 늘 노력하고 연구하는 사람이었다.

그 노력과 연구가 빛을 보지 못한 것이 바로 9클래스 진입에 대한 것이었다.

나는 그 답을 알고 있다. 과거의 삶에서 메디우스가 어떤 식으로 이 문제를 해결하고 9클래스에 진입하였는지 알고 있기 때문이다.

물론 지금의 메디우스는 모른다. 너무 기본적이고 당연한… 우리로 따지면 구구단과 같은 기본 개념에서 발생한 이론적인 결함을 모르고 있어서다.

8클래스에서 9클래스로의 진입은 7클래스에서 8클래스로 진입하는 과정보다 수십, 수백 배는 어려울 것이라는 고정관념을 가지고 있던 메디우스 자신의 생각이 문제점이었다.

어차피 그는 어떻게든 9클래스의 마법사가 된다. 다만 그 사실을 두고 거기에 밥숟가락을 얹을 수 있느냐 없느냐의 차이다.

물론 얹어둬야 한다. 그는 내게 무조건적으로 도움이 될 사람 중에 하나니까.

절대 만날 수 없을 것 같은 인연. 꿈속에서나 가능할 것이라 생각하는 대마법사와 평범한 농가 출신 청년의 만남.

그 만남을 필연으로 만드는 것이 내게는 가능한 일이다. 그래서 지난 삶이 헛되지 않았다는 것이다.

내가 이 시기 메디우스의 삶을 알고 있는 것은, 다음의 삶에서 필요할 것이라 여기고 메디우스에게 직접 듣거나 조사한 사실들을 이용해 재구성해 둔 시간의 흐름 덕분이었다.

세상 모든 일들을 다 기억할 수는 없지만, 메디우스처럼 내게 중요한 인물이 어떤 시기에 무엇을 하고 있는지 정도는 알고 있었다.

"이번에도 각오는 단단히 해야겠군."

나는 불현듯 떠오르는 생각에 인상을 찌푸렸다. 그는 수많은 마법사의 추앙과 존경을 한 몸에 받는 마법사지만 치명적인 문제가 하나 있었으니… 바로 몸에서 냄새가 정말 심하게 난다는 점이었다.

메디우스가 9클래스에 진입하는 과정에서 애를 먹었던 것이, 그에게 조언을 줄 법했던 사람들도 냄새 때문에 곁에 있기를 꺼려했던 탓에 그랬다는 이야기도 있었을 정도니까.

참을 준비는 되어 있다. 할 말도 생각해 두었다.

남은 것은 시기적절하게 그를 만나 이야기를 나누고 자연스럽게 그의 오랫동안 괴롭혔던 얽힌 실타래를 풀어주는 일뿐이다.

*　　　　*　　　　*

다음 날 아침.

"오빠, 이거 주먹밥!"

꼭두새벽부터 일어난 레니는 작은 손으로 수십 번도 더 넘게 모양을 만들고 또 만들어낸 주먹밥을 내게 내밀었다.

나름 맛깔나게 보이게 만든답시고 신경을 썼는데, 모양 자체는 딱히 특별할 게 없는 주먹밥이다.

맛은 상당히 좋다. 어머니의 요리 솜씨를 그대로 물려받은 레니는 매콤한 것을 좋아하는 내 입맛에 맞게, 주먹밥에 약간의 향신료를 뿌려 두었다.

대한민국에서 살던 시절 불닭, 불족발, 불떡볶이 같은 매운 음식을 즐겨 먹었던 내게는 딱 맞는 입맛이었다.

"걱정이 되는구나. 다른 곳도 아니고 산이라고 하

니……."

"어머니, 제 나이도 이제 열일곱입니다. 카터는 5년 전부
터 산을 탔는데, 저라고 못 할 게 있겠어요? 걱정 마세요.
산적 떼가 들끓는 곳도 아니고 가벼운 산행이니까 아무 문
제없을 거예요."

나는 걱정하는 어머니를 안심시켰다.

부모의 마음이 그렇다. 내 자식은 쉰 살이 되어도, 일흔
살이 되어도 어린애처럼 보인다.

영원히 내 자식은 어린 아이인 것이다. 그런 탓에 어머니
도 내가 집을 떠나 어디론가 간다는 것이 걱정되는 눈치였
다.

"무슨 일 생기면 제가 몸을 날려서라도 이 녀석을 지키겠
습니다. 녀석이 오래전부터 콧바람을 그렇게 쐬고 싶다고
했으니, 제가 시원하게 불어넣어주고 오겠습니다!"

카터의 우렁찬 목소리가 집안에 울려 퍼졌다. 카터가 믿
음직하게 말을 보태니, 그제야 어머니도 마음이 좀 놓였는
지 고개를 끄덕였다.

"다녀오겠습니다."

어머니와 레니에게 인사를 건넨 나는 준비해 놓은 도구
들을 다시 한 번 확인하고는 바로 블레도스 산으로 출발했
다.

날씨는 화창했고 온도도 적당했다. 몸 컨디션도 최상이었다.

블레도스 산으로 향하며, 우리는 몇 개의 마을을 지났다.

키리아트 마을을 시작으로 주변 마을에도 저마다의 축제가 시작되는데, 그래서 그런지 모든 마을이 평소보다 더 활기를 띠고 있었다.

그 와중에 몇 개의 마을에서는 눈에 익은 모집 공고도 볼 수 있었다.

각 마을의 중심지에는 영지 내외의 일에 관련된 공고가 붙는 메인 보드와 일정 금액의 돈을 내고 공고를 게재하는 서브 보드가 있는데, 내가 본 것은 바로 서브 보드의 내용들이었다.

카트리나 용병단에서 신입 대원 모집. 실력 있는 인재라면 환영. 별도의 심사 과정 있으니, 자신 있는 지원자들은 본 용병단으로 직접 방문하여 접수할 것.

담당자 이케나스.

테노스 용병단에서 신입 대원 모집. 카트리나 용병단보다 모든 부분에서 더 좋은 대우와 보수를 약속함. 별도의 심사 과정이 있으나, 본 용병단에 직접 방문할 필요 없이 담당 데스크에서 문의하면 됨. 공고가 붙은 모든 곳에는 담당자가 있으니 부담 없이 문의할 것.

담당자 클라크.

"저 두 용병단은 항상 저런 식이더라. 매번 공고를 볼 때마다 저래, 웃기지 않냐?"

'칠흑의 여검사' 카트리나가 관리하는 카트리나 용병단과 '순백의 검사' 테노스가 있는 테노스 용병단은 아주 오래된 앙숙 관계다.

각자를 수식하는 단어에서도 느낄 수 있듯, 두 용병단이 서로 으르렁거리면서 지내온 시간은 10년이 넘었다.

대다수의 사람들은 이런 두 용병단의 앙숙 관계가 카트리나와 테노스가 이별한 이후에 생겨난 것으로 알고 있을 것이다.

테노스가 카트리나를 두고 다른 여자와 바람을 핀 것이 화근이 되어 카트리나가 이별을 선언했고, 이에 적반하장 격으로 불만을 품은 테노스가 카트리나의 앞길을 어떻게든 막겠다며 새로이 용병단을 꾸리면서 지금의 구도가 만들어졌다고 알고 있는 것이다.

"후훗."

웃음이 나온다.

나는 비하인드 스토리를 알고 있으니까.

심지어 지금 이 두 사람이 여전히 서로를 아끼다 못해, 너무 사랑하고 있다는 것도 알고 있다.

그리고 개인 수양을 핑계로 이따금씩 밀월여행을 즐기고 있다는 것도.

두 사람은 용병단의 규모를 키우기 위해서 이런 라이벌 구도를 의도적으로 만들었다.

세간의 관심을 받기를 좋아하고 또 능력 있는 용병들을 수집하기 위한 일종의 마케팅으로 자신들 간의 연애사를 써먹은 것이다.

그 바람에 테노스는 희대의 쓰레기가 되어 지탄을 받았고 카트리나는 수많은 남녀의 동정과 연민의 대상이 되어 위로를 받았지만, 정작 본인들은 여전히 연애 진행형이었다.

내가 이 두 용병단의 공고에 관심을 가진 것은 내가 마법적인 성취를 얻고 마법 연성을 시작하는 대로 둘 중 하나의 용병단을 선택해야 하기 때문이다.

신분 상승의 지름길임과 동시에 나에게 필요한 일들을 수월하게 할 수 있는 곳이기도 하다.

대다수의 마법사 혹은 마법 학도들은 제국이 직접 관리

하는 아카데미에 입학하기를 바라지만, 나는 그런 제도권의 교육에는 관심이 없었다.

아카데미는 체계적인 관리를 해주지만 소속된 마법사들을 조직에 예속시켜 자유도를 크게 빼앗는다. 게다가 획일적인 교육으로 단기간에 기본적인 실력을 갖출 정도의 마법사 양성은 하지만, 그 이상의 껍질을 깨는 것이 쉽지 않게 한다.

내게 있어서는 어떤 전략적, 정치적인 목적이 아니고서는 고려할 만한 대상이 전혀 아니었다.

"너도 웃기지?"

"응."

카터의 물음에 나는 고개를 끄덕였다. 지금의 본인들은 내 존재조차 모르고 있겠지만, 그리 머지않은 시간에 만날 사람들이다.

유독 젊은 남자에게 관심이 많았던 카트리나―그것이 테노스를 자극하기 위해서였다는 이야기도 있고 질투 유발을 빙자해 개인 욕구를 표출했다는 이야기도 있다―와 좋지 않은 세간의 평판과는 달리 실력 좋은 인재들에게 신뢰와 믿음을 아끼지 않았던 테노스.

그들도 어서 만나보고 싶다.

                    *   *   *

　카터와 블레도스 산에 오른 것은 다음 날 아침이었다. 카
터와 함께 산을 오르며 나는 두 눈으로 약초들을 하나하나
직접 확인할 수 있었다.

　매번 보았던 것들이지만 다시, 그리고 과거로 돌아간 상
태에서 접하니 느낌이 또 달랐다.

　"어떠냐? 산에 오니까."

　"좋다. 풀 내음, 산 내음… 그리고 이 고요함은 산이 아니
면 느낄 수 없는 것들이지."

　나는 잠시 두 눈을 감고 산이 가져다주는 기분을 만끽했
다.

　"후아~"

　감긴 두 눈, 그리고 밀려오듯 쏟아지는 생각들 속에서 나
는 이전의 삶을 떠올린다.

　99번째 삶, 막바지에 이르러서는 정말 눈코 뜰 새 없이
전쟁으로 얼룩진 삶을 살았다. 수많은 피로 얼룩진 내 말년
의 삶은 이런 고요함과는 거리가 멀었다.

　그때 지쳐 버렸던 마음을 지금 달래주고 있는 것이라 생
각하니, 무겁게 가라앉았던 가슴이 다시 풀어졌다.

　제3자에게는 그저 평범하기 그지없는 삶을 살고 있는 열

일곱 살의 청년으로 보이겠지만, 나에겐 수많은 삶의 연장선이었다.

"적당히 산 구경도 하면서, 내가 자주 캐던 약초들도 보여줄게. 그리고 돌아가는 걸로, 어때?"

"무슨 소리야. 내가 여기 온 목적이 빠졌잖아."

"무슨 목적?"

"약초."

카터는 내가 큰돈을 벌 수 있는 좋은 계획이 있다는 말을 흘려들었던 것 같다.

생전 약초를 캐러 나와 본 적이 없는 내가 그런 말을 했으니 쉽게 믿기지는 않았을 것이다.

나는 바로 짐을 풀었다. 필요한 도구들을 챙겨왔기 때문이다.

키아그라 제작에 쓰이는 정력초는 생김새가 산속에서 흔히 볼 수 있는 잡초와 99% 유사한 외형을 하고 있어서, 그냥 봐서는 이것이 잡초인지 아닌지 알 수가 없다.

때문에 잡초인지, 정력초 키아그라스인지 확인하기 위한 감별약이 필요한데 내가 알고 있는 것은 바로 이 감별약을 제작하는 방법이다.

키아그라스의 발견이 오랫동안 되지 않았던 것은 잡초처럼 보이기 때문에 관심조차 두지 않아서였다. 다만 자라는 위치는 다르다.

햇빛이 잘 들지 않는 곳을 기반으로 자라며, 특히 동굴과 가까운 곳에서 많이 자랐다.

블레도스 산에는 천연 동굴이 많아 키아그라스가 자라기에는 최적의 장소였다.

단, 동굴 근처를 가도 아무것도 모르는 일반인이나 약초꾼들에게 보이는 것은 잡초의 모습을 한 키아그라스뿐이다.

쿵. 쿵.

나는 블레도스 산을 오르면서 틈틈이 캐두었던 약초들을 작은 절구에 넣고 공이로 찧기 시작했다. 그리고 시냇가에서 수통에 담아온 맑은 물을 살짝 넣어 충분한 양의 액체를 만들었다.

"뭘 만드는 거야?"

카터가 묻는다.

워낙에 순식간에 이루어진 일이라 카터는 내가 무엇을 어떻게 넣어서 했는지 보지 못했다.

나는 속성 과정으로 만든 감별약을 준비해 온 다른 수통에 넣고는 카터에게 눈짓으로 저 위에 보이는 동굴 쪽을 가리켰다.

"저기는 왜?"

카터는 어리둥절한 모습이었다. 내가 정체불명의 액체를 만드는 것도 모자라, 동굴 쪽을 바라보고 있으니까.

나는 카터의 관심을 충분히 끌만한 멘트를 던져 주기로 했다. 동기부여를 하려면 이것만큼 좋은 말도 없을 것이다.

"카터."

"응?"

"네가 전부터 갖고 싶어 했던··· 아기를 가지지 않고는 못 배길 마법의 묘약을 만들어줄게. 더불어 1분 만에 끝나는 네 열정의 시간을 늘려줄 수 있는 방법까지도."

"···야!"

그 순간, 카터의 얼굴이 시뻘게졌다. 그걸 도대체 네놈이 어떻게 알아? 하는 표정이다.

툭툭.

나는 아무 말도 하지 않고 카터의 어깨를 두드려 주었다. 괜찮아, 모든 남자들의 공통된 고민이기도 하니까. 부끄러워할 것 없어.

한참을 멍하니 나만 바라보던 카터는 이내 고개를 푹 숙이며 한숨을 쉬었다. 고개 숙인 남자의 모습이었다.

*   *   *

"이건 잡초잖아?"

"정확히 말하면 잡초의 모습을 하고 있는 약초지."

카터의 반응은 예상했던 대로였다.

그럴 수밖에 없다.

눈을 비비고 봐도 키아그라스는 잡초와 외형이 정말 똑같이 생겼다. 유일하게 다른 모습이 되는 것은 감별약을 발랐을 때다.

일반 잡초는 이 감별약에 아무런 반응을 하지 않는다.

초록빛 그대로를 유지한다는 뜻이다. 하지만 키아그라스는 감별약을 바르고 나면 특유의 성분이 반응하여 색깔이 붉은색으로 변한다.

한 번 변한 색깔은 다시 원래대로 돌아오지 않는데, 그래서 키아그라스로 만든 키아그라는 알약, 가루약, 포션 형태 모두가 붉은색이었다.

그래서 사람들은 키아그라로 만든 약을 레드 러브 포션 (Red Love Potion)이라는 애칭으로 부르기도 했다.

나는 몇 개의 풀들을 쭉 잡아 뽑아냈다. 그리고는 수통에서 손끝에 살짝 묻힌 감별약을 발랐다.

잡초라면 색이 그대로일 것이고 키아그라스면 즉각적인 색깔의 변화가 있을 것이다.

"오!"

내 눈보다 더 빨리 반응을 한 것은 카터였다. 색깔의 변화를 바로 본 것이다.

"키아그라스네."

"키아그라스? 난 처음 듣는 약초의 이름인데?"

"그럴 수밖에 없지. 앞으로 내가 붙일 이름이거든."

"뭐야, 너. 아니, 그것보다 이 약초의 효과가 진짜… 그거냐?"

카터가 아랫도리를 어루만진다. 나는 말 대신 아주 환한 미소로 카터의 말에 답을 해주었다.

"응, 그거다."

"도대체 산을 한 번도 와보지 않은 네가 어떻게 이런 약초를 알고 있고 또 감별법을 알고 있는 거야? 나도 산을 타본 횟수로만 따지면 수년이 넘고 캐본 약초만 해도 수백 종이 넘어. 세상의 모든 풀이 약초가 될 수 있다고 생각했지만, 설마 이런 잡초가……."

"카터, 아직 약효를 확인해 본 것도 아니잖아. 속단하지 마."

나는 되려 나보다 더 앞서나가고 있는 카터를 다독였다.

하지만 카터의 반응은 당연한 것이었다.

카터의 기억 속에서 나는 산이라고는 어렸을 때, 친구들과 논답시고 산으로 들어서는 초입에서나 놀았던 것이 전부다.

그런 내가 산속, 그것도 동굴 근처에서 자라는 정체불명의 약초를 알고 있으니 놀랄 수밖에.

물론 내가 구구절절하게 알고 있는 이유를 설명해 줄 필요는 없다.

중요한 것은 이 약초가 내 예상대로 키아그라스가 맞다는 사실이고 나는 이 녀석을 이용해 돈을 벌 만한 방법을 알고 있다는 것이다.

"그래, 색만 변했지 어떤 효험이 있는지는 아직 모르지. 일단 그럼 좀 캐볼까?"

호기심이 동한 카터가 내 옆으로 바짝 붙었다. 나는 내가 마시던 수통의 물을 쭉 들이켠 후, 그 안에 감별제 절반을 부어냈다.

감별제는 인체에 무해하고 마셔도 상관없는 것이라 괜찮았다.

"발라서 색깔이 변하지 않으면 잡초니까 뽑을 필요 없어. 색이 바로 붉게 변하는 것만."

"알았다. 야, 이거 진짜 신기한데?"

카터는 연신 신기해하며 열성적으로 키아그라스를 캤다. 나는 카터가 키아그라스를 캐는 동안, 준비해 온 도구들을 이용해 키아그라스를 손보기 시작했다.

우선 뿌리 부분은 약효를 떨어뜨리는 성분들이 있어 잘라내고 줄기만 남겨둔다.

그 다음 충분히 찧어서 즙을 낸다. 말려서 가루로 만들어도 상관없지만, 지금은 즉석에서 마셔볼 생각으로 만드는 것이기 때문에 할 수 없다.

이렇게 하면 붉은 키아그라스 즙이 나오게 되는데, 여기에 또 다른 약초인 예넨을 즙을 내어 섞는다. 그러면 완성이다.

키아그라스의 정력제 성분에 예넨 특유의 빠른 흡수력이 보충되면서 즉각적으로 몸에 반응이 오는 정력제가 완성되는 것이다.

절구에는 키아그라스와 예넨이 섞인 즙이 일부 남은 줄기의 찌꺼기들과 섞여 있었다.

전부 먹으면 먹을수록 좋은 것들이다. 나는 도구들 중에서 수저를 꺼낸 뒤, 한 숟갈 양으로 알맞게 나온 즙을 퍼내어 카터에게 내밀었다.

"카터."

"응?"

"이거다. 눈 딱 감고 먹어봐라. 약효가 의심되면 내가 먼저 먹어볼 수도 있고. 맛보기야. 어떤 느낌인지만 한 번 체험해 봐."

"그러니까 지금 이 약이… 네 말이 전부 사실이라면 오래 할 수 있고 또 오래 버틸 수 있게 해준다는… 그런 얘기냐?"

"항상 고개를 들고 있을 수 있게 해주지. 꺼지지 않는 횃불처럼."

"오……."

나의 확실하고도 강력한 비유에 카터가 탄성을 터뜨렸다.

"내가 먼저 먹어볼까?"

"야야! 설마 내가 널 못 믿어서 그러겠냐. 줘봐, 그러니까 지금 만들어준 게 맛보기 정도라고?"

"응. 제대로 효과를 보려면 한두 줄기로 만든 걸로는 힘들지. 어떤 느낌인지 딱 1분만 기다리면 감이 올 거야. 오래는 안 가겠지만."

"좋아."

"아, 해봐."

"아~"

산속 깊은 곳, 동굴 앞에서 한 남자가 수저로 다른 남자에게 약을 떠먹이는 모습.

누군가가 본다면 정상적이지 않아 보일 수도 있는 광경

이지만, 나는 혹시나 즙이 샐까 싶어 손까지 받쳐 가며 카터에게 시음용 키아그라를 먹였다.

"으음. 음. 음… 맛은 나쁘지 않네. 적당히 쓰니까 거부감도 크게 없고."

입을 오물거리며 단숨에 키아그라를 꿀꺽 삼킨 카터는 잠시 두 눈을 감은 채 서 있었다. 1분만 기다리면 감이 올 것이라는 내 말에 모든 정신을 집중하고 느껴보고 싶어 하는 모습이었다.

나는 녀석이 약효를 느낄 준비를 하고 있는 동안, 감별약을 묻혀가며 계속해서 키아그라스를 캤다. 잡초와 섞여 자라기 때문에 몇몇 줄기는 잡초인 것도 있었고 그것들은 미련 없이 버렸다. 쓸모가 없으니까.

"우오오오!"

그렇게 1분쯤 흘렀을까? 카터의 고성이 터져 나왔다. 느낌이 가장 즉각적으로 오는 곳은 바로 거기다. 남자의 중심, 그곳.

"오오오옷!"

"어때?"

"이, 이거. 대, 대책 없이 선다!"

카터가 어느새 불룩해진 아랫도리를 어루만졌다. 키아그라스 즙만 먹었다면 약효를 보는데 시간이 걸리겠지만, 예낸 즙이 흡수를 극대화시키기 때문에 즉각적인 반응이 오는 것이다.

"워낙에 내가 쥐꼬리만큼 넣어서 얼마 안 갈 거다. 네가 직접 확인을 해봐. 만져 보든 직접 보든."

"야, 이거 제대로인데? 너 도대체 이런 걸 어떻게 알아냈어? 야, 이거 정말 대박이야!"

일흔 살 먹은 노인이든, 열일곱 살의 청년이든 성욕은 똑같다. 그리고 마음도 같다.

파트너와 더 오래하고 싶고 더 많이 만족시켜 주고 싶고 더 버티고 싶은 마음.

카터라고 해서 다를 게 없었다. 녀석이 유부남이 아니었다면 약효를 체험해 보라고 하기에 다소 껄끄러웠겠지만, 서로 사랑해서 단 하루도 그냥 잠들지 않는 젊은 아내가 있으니 아쉬울 것도 없다.

"일단 캐자. 그리고 돌아가는 대로 한 번 직접 체험해 봐. 네 스스로가 가장 잘 알거 아니냐, 직접 먹고 와이프와 함께 있어보면."

"누가 알려준 거야?"

카터는 출처를 궁금해했다.

과거의 경험, 이렇게 말하면 소용없겠지. 나는 적당히 둘러대기로 했다.

"돌아가신 아버지가 남겨 놓으신 일기를 보다가 우연히 알게 됐어. 집에서 병 때문에 고생하는 동안… 우연히 아버지의 일기장을 볼 일이 있었거든. 그때 알았다."

"아… 아버님의 일기였구나. 하긴, 네 아버님은 장사를 하셨으니까."

나, 그러니까 레논의 아버지인 헤이스는 레논이 여덟 살이던 때에 도적들의 습격을 받아 돌아가셨다.

지금은 토벌되어 없어진, 희대의 살인마와 미치광이들이 뭉쳐 만들어진 '검은 도적단'의 공격으로 인해서였다.

당시 상당한 값어치를 지닌 물건들을 운송하는 중이었던 헤이스는 만약을 대비해 상당수의 호위 용병들까지 고용해 이동 중이었다.

하지만 익숙한 산세를 이용해 기습을 펼친 도적 떼에게 손도 쓰지 못하고 죽임을 당했다. 물건을 모두 빼앗겼음은 두말할 나위도 없었다.

보증이 걸려 있던 물건들이었기 때문에 이 피해는 고스란히 아버지의 가족인 우리들이 책임을 져야 했다. 어머니는 아버지를 잃은 슬픔을 달랠 새도 없이 상단의 재산을 모두 처분해 물건 값을 치러야 했다.

그 이후로 우리 가족의 삶이 급격히 나빠진 가운데, 레논이 병을 얻어 투병 생활을 시작하게 되었던 것이다.

카터도 이런 사실을 잘 알고 있기 때문에 아버지를 이유로 둘러대자 더 이상 묻지 않았다. 여기서 굳이 직접 일기장을 보여 달라며 확인까지 할 녀석도 아니다. 그럴 이유도 없다.

"일단 두둑하게 캐자. 가능한 최대한 많이. 물론 다시 오면 되긴 하지만, 이왕 온 김에."

"그래, 그러자! 와, 이거 진짜 대단한데. 야, 이거 어떻게 하냐?"

카터가 계속해서 내 얼굴과 자신의 아랫도리를 반복해서 응시하며 난감한 표정을 지었다.

키아그라스를 캐기 위해 쪼그려 앉은 카터의 하의 앞쪽은 불룩하게 솟아 있었다. 조금만 더 커지면 옷을 찢고 나올 기세였다.

"뭘 어떻게 해? 즐겨야지. 내일은 그것보다 한 시간은 더 갈 거다."

나는 살짝 미소를 지어보였다.

"허……."

카터의 초점은 반쯤 흐려져 있었다. 이미 마음이 집으로 가있는 탓이다.

부인의 얼굴이 아른거리겠지.

열일곱 청춘.

참, 좋을 때다.

*   *   *

저녁까지 두둑하게 키아그라스와 예넨을 채집한 나와 카터는 하산했다. 그리고 계획했던 대로 여관 라일란트로 향했다.

블레도스 산 초입에는 수많은 여관이 있는데, 그중에서 라일란트는 가장 산 가까이에 있어 산 내음을 즐기거나 홀로 사색에 잠긴 산책을 하기에는 더할 나위 없이 좋은 곳이었다.

여기서 좀 더 시가지로 들어가면 여관들이 다닥다닥 붙어 있는 이른바 타운(Town)이 나타나게 되는데, 라일란트 여관은 그런 점에서 좀 특이한 곳이기도 했다.

"아오, 아오! 내가 여기서 잠을 자느니, 다른 데로 가고 말지. 와, 이게 무슨 엿 같은 냄새냐?"

"레논, 저게 무슨 일이냐?"

카터가 라일란트 여관에서 코를 막고 나오는 사람들의 행렬을 보며 어리둥절해 했다.

좋은 일이야. 내게 아주 좋은.

나는 들리지 않게 카터의 뒤통수에 속삭여 주고는 성큼

싱큼 여관으로 향하기 시작했다.

대마법사 메디우스. 또 만나게 되어 반갑게 됐네.

벌써부터 가슴이 두근거렸다.

5장

예사롭지 않은 인연

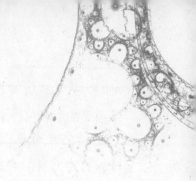

　"야, 어떻게 사람이 저렇게 냄새가 날 수도 있냐. 옷은 안 갈아입고 다니나, 씻지도 않나. 돈은 꽤 많은 작자 같은데… 염병, 여관이 여기만 있는 것도 아니고."

　"시벌, 아까 들었어? 불편을 끼쳐 죄송하다, 여러분들의 방값은 제가 내겠다. 이렇게 말하는 거?"

　"아니, 그럴 거면 여관에 오질 말든가……."

　라일란트 여관을 나오는 사람마다 온통 불만투성이였다. 메디우스가 즐겨 입는 회색 로브의 냄새 때문일 것이다.

　메디우스는 평생을 회색 로브 하나만 입고 살았다. 찢겨져 나가도 그대로 두었고 심지어는 세탁조차 하지 않았는데 그렇게 된 데에는 로브에 얽힌 사연이 있다.

메디우스가 어렸을 적, 큰 전쟁이 났다. 호시탐탐 인간들의 세계로 영역을 확장하려 했던 오크들의 대규모 공격이 있었던 것이다.

당시 메디우스의 부모는 어린 메디우스를 데리고 도망치다가 오크들에게 발각되어 위험한 상황에 빠지게 되었다.

그때 메디우스의 아버지가 자신이 입고 있던 회색 로브로 메디우스를 감싸고 안전한 곳에 메디우스를 숨겨놓은 뒤, 아내와 함께 죽을 각오로 오크들과 싸웠다.

다행히 오크들을 물리치는 데에는 성공했지만, 메디우스의 부모는 전투 과정에서 입은 부상으로 결국 그 자리에서 목숨을 잃고 말았다. 메디우스에게 이 회색 로브는 부모의 온기와 마지막 기억을 담고 있는 의미 있는 옷이었던 것이다.

그래서 평생을 빨지 않았고 덕분에 세월을 지내오면서 누적된 냄새가 지나치는 사람들의 인상을 찌푸리게 할 만큼 상당했다. 나는 그 냄새를 기억하고 있다. 처음에는 나역시도 토악질을 참을 수 없을 정도로 고통스러웠지만, 이제는 견딜 만하다.

"다른 데로 갈까?"

"아니, 여기서 쉬자. 여기가 풍경이 가장 좋아. 사람들 많은 곳은 싫다."

"근데 느낌이 영 아닌데? 하, 이제 좀 가라앉는군. 후우."

카터가 바지 앞을 쓰다듬으며 내 뒤를 따라 걸어왔다. 슬쩍 눈으로 흘겨보니 성난 기세로 솟아 있던 바지의 볼륨감이 제법 줄어들어 있었다.

자신의 몸은 자신이 가장 잘 안다. 맛보기로 먹어본 키아그라의 효과를 느꼈으니, 꽤나 욕심이 날 것이다.

*　　　*　　　*

"어서 오십시오, 두 분이십니까?"

"예. 적당한 방으로 하나 주십시오. 목욕은 따로 필요 없고 오늘 저녁과 내일 아침까지만 제공되면 됩니다."

"방이야 많지요! 한데… 괜찮으시겠습니까?"

"읍! 레논, 이거 무슨 냄새냐?"

"무슨 냄새? 나는 잘 모르겠는데."

냄새가 안 날 리 없다. 코가 막혀 있어도, 막힌 코를 뚫고 들어올 것 같은 냄새니까. 나는 일찌감치 인상을 찌푸리고 있던 여관 주인과 카터의 표정에 무심히 답했다.

"아욱… 야, 다른 데 가자."

"난 여기가 편해. 조용해서 좋거든. 정 네가 불편하면 여관만 따로 쓰자."

"야, 그게 무슨 소리야. 뭘 그렇게 복잡하게 잠을 자. 아우, 주인아저씨, 가장 통.풍.이 잘되는 방으로 주세요. 알겠죠?"

카터가 중요한 단어를 강조한다. 녀석을 위해선 확실히 그런 방이 필요하다. 나는 견딜 만하지만, 녀석에겐 고역일 테니까.

"예, 물론입죠."

"숙박비는 여기."

"예엣, 감사합니다! 아이고 감사합니다!"

하루치 숙박비와 두 끼의 식사 비용, 그리고 약간의 팁을 얹어준 나는 주인의 안내를 받아 가장 구석에 있는 방으로 향했다.

방으로 향하는 동안, 나는 여관 중앙에 있는 테이블 한쪽에서 커피 한 잔을 여유로이 즐기고 있는 회백색의 머리카락을 가진 노마법사를 볼 수 있었다.

메디우스였다.

회백색의 머리, 회색의 로브와 검은색 신발. 그리고 다소 날카로운 눈매.

그를 정면으로 보고 있으면 백마법사라기보다는 흑마법

사에 가까운, 약간의 광기를 머금은 듯한 기운이 느껴진다. 사람을 첫인상만 보고 판단하면 안 된다는 말이 있는데, 그 대표적인 예가 메디우스다.

메디우스와 말 한마디만 섞어도, 그가 사람 좋은 옆집 할아버지 같다는 사실을 알게 되지만, 실제로 많은 사람이 메디우스에게 말조차 걸지 못했다. 심지어 이름 좀 있다는 마법사들까지도.

왜냐면 메디우스에 대한 근거 없는 소문들이 너무나도 많았기 때문이다. 어딘가에 소속되지 않고 자유로이 행동하는 그는 자신을 둘러싼 세간의 소문이나 잘못된 오해에 대해서도 별도로 해명하려고 하지 않았다.

그렇다보니 남을 두고 입방아를 찧거나, 있지도 않은 인맥을 근거로 허풍을 떨고 싶어 하는 호사가들의 입에 자주 오르내리게 됐다.

대표적인 소문 중 하나가 메디우스는 마법사들의 심장을 취해, 그 힘을 흡수하여 힘을 키우는 사악한 흑마법사라는 것이다.

소문은 여기에 살이 붙고 붙어, 실제로 심장을 취하는 광경을 보았다는 목격자들도 제법 등장했고 심지어는 그에게서 직접 살인에 대한 고해성사를 들었다는 신관까지도 등장했다.

하지만 메디우스는 그런 소문에도 껄껄하고 웃어넘기며, '재밌는 일이로군' 하고 말았다는 것이다.

그는 이미 세상사 하나하나에 사소한 관심을 두고 사는 사람이 아니었다.

"야, 지금 이 냄새. 테이블에 앉아 있던 그 사람의 냄새가 여기까지 오는 거냐? 근데 너 정말 냄새 안 나? 아니면 안 나는 척하는 거야?"

"잘 모르겠다. 난 괜찮은데?"

나는 어깨까지 으쓱거려가며 뻔한 냄새를 못 맡는 연기를 해냈다. 카터는 날 이상하게 보고 있다. 하지만 내가 너무나도 천연덕스럽게 냄새가 안 난다는 표정을 하고 있으니 되려 눈빛이 흔들린다.

내가 워낙 확신에 찬 반응을 하고 있다 보니, '그럼 내 코가 이상한 건가?' 하며 자신을 의심하고 있는 것이다.

"문을 좀 열어놓고 자야겠다. 하루 종일 걸어서 그런가 너무 피곤하네. 레논, 안 잘 거야?"

카터는 어느새 창문을 반쯤 열어놓고 침대 위의 이불 속으로 깊숙하게 들어가 있었다.

"바람 좀 더 쐬다 오게. 난 산 공기가 좋다."

"야, 오늘 하루 종일 블레도스 산에서 마신 게 산 공기인데 뭘 또 마셔. 얼른 자!"

"먼저 자라. 금방 돌아올 테니까."

"아무튼 무게는 엄청 잡아요. 그래, 네가 하고 싶다면 하라고 해야지. 내가 부인도 아니고 말이야, 그렇지?"

"그렇지."

"이 자식 부정을 안 하네… 그럼 나 먼저 잔다. 저녁은 내 몫까지 네가 챙겨 먹어라! 난 지금 잠이 더 급하다."

카터가 이불을 휙 뒤집어쓰고는 그대로 잠을 청했다. 어지간히 피곤한 모양이었다. 산행 때문이기도 했겠지만, 키아그라 복용 이후의 현상 중 하나이기도 했다.

쉽게 말해서 남자의 근원이자 원동력이기도 한 그곳에 온몸의 역량을 집중시켜 주기 때문에, 약효가 사라지고 나면 긴장이 풀리면서 깊이를 알 수 없는 피로감이 몰려오고 이내 잠을 청하게 되는 것이다.

그래서 키아그라를 판매할 때는 반드시 예상되는 부작용을 공지해 줘야만 한다. 필요 이상의 양을 복용하게 될 시에는 적당히 자고 끝나는 것이 아니라, 영원히 자게 될 수도 있다고.

물론 그 정도의 양이 되려면 상당한 용량의 키아그라를 마셔야 하기 때문에 빈도수가 많진 않겠지만, 종종 엄청난 약효를 누리기 위해 그런 정신 나간 짓을 하는 복용자들이 나타나기 때문에 반드시 표기를 해야만 했다.

＊　　　＊　　　＊

여관은 조용했다.

메디우스 때문에 모든 손님이 나간 뒤였지만 여관 주인은 메디우스가 남은 방 삯을 전부 다 냈으니 신경 쓰지 않는 눈치다. 밤은 깊었고 여관 주인은 입구에 일찌감치 '모든 방이 다 차, 더 이상 손님을 받지 않습니다' 하는 팻말을 달아 놓았다.

"식사는 어떻게 해드릴까요?"

"빵과 커피로."

"알겠습니다. 바로 준비해 드리지요."

나는 메디우스와 살짝 떨어진 곳에 자리를 잡고 앉았다. 메디우스는 커피를 한 모금 들이키고는 계속해서 무언가를 떠올리는 듯, 시선을 위로 올렸다 내리길 반복하고 있었다.

커피를 몇 잔이나 들이켰는지, 테이블 위에 놓여 있는 빈 커피 잔만 해도 벌써 여덟 잔이 넘어가고 있었다. 그것도 가장 큰 컵에 담은 커피였음에도 불구하고 말이다.

주인이 커피를 내오는 동안, 나는 천천히 메디우스에게

로 다가갔다.

가까이 갈수록 특유의 체취가 심각하게 코끝을 찌르지만, 나는 내색하지 않고 성큼성큼 메디우스에게로 다가갔다.

그렇게 메디우스와 서너 걸음 정도 되는 거리까지 갔을 때, 생각에 골몰히 잠겨 있던 메디우스가 내게로 시선을 돌렸다.

"음?"

"안녕하세요, 메디우스 님."

"오?"

거리낌 없이 자신에게 다가온 내 모습을 본 메디우스는 고개를 반쯤 꺾으며 묘한 표정을 지었다. 단번에 자신을 알아보고 이름을 말했기 때문이다.

잘 알려진 얼굴도 아니고 심지어 여관 주인이나 여관에 있었던 손님들도 메디우스를 알아보지 못했는데 어린 청년이 자신을 알아보니 신기하게 생각했으리라.

"만나 뵙게 되어 영광입니다."

환한 미소를 지었다. 좀처럼 내가 잘 보이지 않는 표정이지만, 이 미소는 진심에서 우러나오는 미소다. 메디우스를 생각하면 항상 난 가슴 한편이 아련해져 오는 것을 느낄 수 있다. 그는 나에게 있어 훌륭한 스승이었으니까.

"청년은 이 못난 마법사의 이름을 아는가?"

"예, 알고 있습니다. 마법을 공부하려는 사람이라면 당연히 알아야 할 분이 아니십니까?"

나는 당돌하게 말을 이어갔다. 지금 이 자리는 매우 부자연스러운 자리이기도 하다. 귀족 마법사와 평민 청년이 스스럼없이 대화를 나누고 있는 장소인 것이다.

일반적인 귀족 마법사의 반응이라면 먼저 말을 걸어온 내게 신분을 먼저 물었을 것이다. 혹은 내게서 강한 마나의 힘이 느껴지지 않는 만큼, 귀찮은 파리가 꼬였다고 생각할지도 모른다.

마법사들은 제국의 전폭적인 지원을 받는 아카데미에서 교육을 받는 만큼 그 특유의 자부심이 있는데, 안 좋은 쪽으로 자부심이 발동되는 경우가 많았다.

"허허… 자네는 나를 두려워하지 않는군. 그리고 자네를 괴롭히고 있을 냄새에 대해서도 무감각해 보이는데. 혹시… 미치거나 정신을 놓은 청년인 겐가? 껄껄껄."

십중팔구가 보이는 반응을 나는 보이지 않으니 메디우스가 의아해했다. 그는 내게 빠르게 호기심을 느끼고 있다. 그것이 눈빛으로 보인다. 이 아이가 왜 내게 먼저 다가왔을까 하는 호기심.

"두려워할 정도로 사악한 분이 아니시고 괴롭히고 있는

냄새라는 것이 제게는 느껴지지 않으니까요. 그것뿐입니다. 저는 지극히 정상입니다."

"그렇단 말이지? 재밌는 청년이군. 껄껄껄껄!"

메디우스가 너털웃음을 터뜨렸다. 손가락을 뻗어 나를 가리키기까지 하면서. 하지만 나는 조용히 메디우스를 응시한 채, 두 손을 모으고 공손하게 서 있었다.

"앉지. 나 때문에 손님들이 다 나가서 외롭던 차였거든. 주인은 나 때문에 고생이 많고 말이야. 껄껄껄. 민폐를 끼칠 수밖에 없는 몸이니 어쩌겠나, 내가 대신 방 삯이라도 내줄 수밖에. 자네와 옆에 있던 청년은 잘 들어왔구만?"

"블레도스 산에서는 이 여관이 가장 전망이 좋거든요. 사람들은 와자지껄한 분위기를 즐기려고 타운 쪽으로 가는 것 같지만요."

내가 눈짓으로 흘깃 시내 쪽을 바라보았다. 사람들이 어떤 특정 상점들이 밀집한 거리를 지나게 되면, 가장 처음에 있는 상점에는 잘 들어가지 않게 된다. 좀 더 둘러보고 싶어서 안으로 들어가기 때문이다.

라일란트 여관이 딱 그랬다. 타운의 입구에 위치한 라일란트 여관에는 성수기에도 항상 방이 남아 있었다. 그래서 과거의 나는 가끔 이 여관을 찾아와 며칠 쉬다 가곤 했었다. 지금의 메디우스처럼. 산 공기를 즐기며 사색에 잠기기

엔 더할 나위 없이 좋은 곳이기 때문이다.

"여기 빵과 커피입니다. 손님, 윽… 더 드릴까요?"

"잔과 빵이 비워지지 않게 계속 갖다 주게. 자, 이 정도면 되겠지?"

"아이고, 윽! 감사합니다!"

메디우스가 금화 하나를 내밀자, 여관 주인이 반색을 하면서도 코끝을 집요하게 파고드는 냄새에 신음을 터뜨리고 말았다.

인사는 해야겠고 냄새는 버티기가 힘들고 기분은 좋고. 그런 식이다. 여관 주인도 처신하기가 쉽지 않을 것이다.

"고민이 많으신 것 같아 보입니다. 아까부터 계속 굳은 표정이 풀리시지 않는데요."

살짝 운을 뗐다. 만약 이 근처에 나를 보는 눈이 많았다거나, 메디우스를 알아보는 사람이 많았더라면 이런 대화는 힘들었을 것이다. 접근하는 순간, 어디 너 같은 놈이 대마법사님에게! 같은 핀잔을 들었을 터.

하지만 라일란트 여관의 로비는 그 여느 때보다도 조용했다. 나와 메디우스밖에 없는 것이다.

"그래 보이는가? 청년의 눈에도 내 근심이 보이는 모양인데. 자네는 이름이 어떻게 되나?"

"레논입니다."

"레논, 좋은 이름이군. 나는 메디우스라고 하네."

"알고 있습니다."

"껄껄, 알아도 통성명은 하는 게 예의지. 그래, 레논. 내게서 어떤 근심이 보이던가?"

메디우스는 내게 신분이 무엇인지, 무엇을 하는 사람인지 묻지 않았다. 그는 출신 성분이나 배경, 가문에 얽매이지 않는 사람이다.

그가 마음에 드는 사람이면 상대가 설령 노예와 같은 천민이어도 격 없이 함께했고 마음에 들지 않는 사람이면 그것이 설령 황제나 왕이라 하더라도 함께하지 않았다. 이런 성격 때문에 메디우스는 적이 많았다.

"풀리지 않는 어떤 문제에 대해서 답을 찾고 싶어 하시는데, 그 답이 떠오르지 않으시는 것 같았습니다. 메디우스 님과 같은 분의 머릿속을 어지럽게 만들 정도의 고민이라면… 모두가 예상할 수 있듯이 9클래스로의 진입 때문이 아닐까요."

"후후, 티가 많이 나기는 났나 보군."

"마법 학도라면 메디우스 님을 괴롭히고 있는 문제가 어떤 것일지 짐작할 수 있을 겁니다."

"그렇겠지."

메디우스가 커피 한 잔을 단숨에 쭉 들이켰다. 음미한다기보다 물처럼 마시는 듯하다. 그렇게 단숨에 커피 한 잔을 비운 메디우스는 헛기침을 두어 번 하고는 내게 시선을 고정했다.

그리고 마치 몸 전체를 스캔하듯, 천천히 머리부터 발끝까지를 살피더니 말을 이었다.

"약하긴 하지만 마나의 힘이 느껴지는군. 보통 나와 함께 있게 되면 마나를 끌어들이는 것이 쉽지 않을 텐데… 꾸준히 수련을 해온 모양이지?"

"그렇습니다."

"흥미로운 청년이군. 나이도 많아 보이지 않고 마법가의 자제도 아닌 듯한데 정갈한 마나의 힘이 느껴지는군. 보통 자네 나이 또래의 마법 학도들이라면 내 옆에서는 마나 자체를 느끼는 것도 힘들어하거든. 소위 말하는 간섭을 받게 되지. 하지만 자네는 그렇지가 않아."

메디우스는 남들과는 다른 나의 특별함을 빠르게 알아차렸다.

대마법사의 연륜이란 그런 것이다. 수많은 경험을 토대로 그는 내가 일반적인 마법사들과는 다른 마법 연성을 하고 있다는 사실을 눈치챘다.

간섭이란, 두 명 이상의 마법사가 자연 속에 존재하는 주변의 마나를 가까이서 서로가 끌어다 쓸 때, 좀 더 끌어당기는 힘이 강한 마법사에게 마나가 이끌려 가는 것을 의미한다.

보통 끌어당기는 힘은 마법사의 클래스에 비례해서 커지는 경우가 많았다.

클래스가 높더라도 연성법이 형편없어 마나 홀이나 마나로드가 정갈하지 못하면 힘이 부족하여 필요한 마나를 충당하지 못하는 경우도 종종 있었다.

그래서 마법사들은 전장에서 어느 정도의 거리를 두고 움직인다. 굳이 뭉쳐 있을 필요가 없기 때문이기도 하고 서로에게 간섭 현상을 발생시켜 필요한 상황에 마나 수급에 차질이 생기는 것을 막기 위함이다.

"칭찬해 주셔서 감사합니다."

"자네도 정공법은 아닌 모양이군?"

자네도, 라는 명제를 붙이는 이유는 간단하다. 메디우스도 아카데미식 연성법이 아닌 자기 자신만의 연성법을 정립했기 때문이다.

그 방법은 나도 알지 못한다. 그 누구에게도 비밀로 했으니까.

"예."

나는 짧게 답했다.

"레논, 괜찮으면 바람이나 좀 쐬면서 걷겠나? 간만에 홍

미로운 청년을 만났는데, 왠지 느낌이 좋아. 자네와 얘기를 좀 더 나누면 더 재밌는 사실들을 알게 될 것 같군."

"저야 함께해 주신다면 영광입니다. 이렇게 대화를 받아 주시는 것만으로도 감사드립니다."

메디우스가 운을 뗀다.

그도 대마법사이기 이전에 한 사람의 인간이다. 세상사에 초탈한 사람이라고 해도, 근심과 고민이 없을 수는 없다.

지금 그를 괴롭히는 것은 깨달음에 대한 것이고 이에 대해서 명쾌하게 답을 준 사람은 없다.

내게 느낀 특별함과 신선한 충격은 순식간에 그와 나 사이의 거리를 좁혀줬을 것이다. 나는 메디우스에게 도움을 주고 싶었다. 그러면, 반드시 그는 도움에 대한 화답을 해 줄 것이다.

*   *   *

밖으로 나온 나와 메디우스는 여관 옆으로 난 길을 따라 조용히 걸었다.

한참을 말없이 걷기만 하던 메디우스는 반걸음 정도 뒤에서 따라오고 있는 내게 말을 걸었다.

"레논."

"예."

"자네가 만약 8클래스의 마법사가 되었다고 가정을 해보게. 이제 9클래스로 진입할 수 있는 마나 홀과 마나 로드, 그리고 이론적인 토대도 모두 갖췄어. 하지만 아주 큰 장애물 하나가 깨달음을 막고 있네. 나는 15년을 넘게 이것을 두고 고민했지만, 도저히 알아낼 수가 없었어. 하이클래스 마법들의 이론을 하나하나 분해해서 검토해 보고 수많은 변수를 넣어보았지만 답이 나오지 않았지. 그렇다면 어디서 문제를 찾을 것 같나?"

매우 어려운 질문이다. 일반적인 내 나이 또래의 마법 학도들, 기껏해야 이제 막 1클래스나 잘 봐줘야 2클래스에 진입했을 사람에게 물어봐 봤자 이 질문에 답을 할 엄두도 내지 못한다.

당장에 1클래스 마법을 두고 수식 계산만 하는데도 며칠을 보내야 할 테니까. 실전에 써먹으려면 또 한 세월이다.

메디우스가 원하는 건 내가 어떤 수식을 계산해 주길 바라는 것이 아니다. 새로운 안목, 새로운 시선으로 제3자의 입장에서 자신을 객관적으로 봐주길 바라는 것이다.

"제가 알기로는 클래스가 높아질수록 이해해야 하는 마

법적인 이론이나 수식, 변수들에 대한 수많은 고민이 필요하다고 들었습니다."

"그렇지."

"특히 6클래스 이후로는 한 단계씩 올라서는 과정이 10배 이상씩은 어려워진다고도 들었습니다. 괜히 마법 학계에서 8클래스를 최대치로 놓고 9클래스를 특수한 경우로 보자고 한 것이 아니라고 하더군요."

"잘 알고 있군."

"혹시 아주 가장 기본적인 것… 그러니까 돌다리도 두드려 보고 건너라는 말이 있는 것처럼, 너무 기초적이고 단순한 것에서 실수를 범하고 계시거나, 잘못된 생각을 가지고 계신 건 아닐까요?"

나는 자연스럽게 해답이 될 실마리를 던져 주었다. 이건 평범한 청년이라도 말해줄 수 있는 답이기도 하다. 기본에 충실하세요, 이런 말은 지나가던 어린 아이도 할 수 있는 말이다.

단, 그 상대가 대마법사 메디우스니까, 그의 자존심을 상하게 할까 싶어 말을 못하는 사람이 너무나도 많을 뿐이다.

"가장 기본적인 부분에 오류가 있다?"

"예, 그렇습니다. 너무 당연하다고 생각해서 잊어버리는 사실들처럼요. 이를테면 숨을 쉬는 건 너무 당연하니까, 때때로 이 세상에 공기가 있다고 생각하지 못하는 것처럼 말입니다."

적당한 비유도 섞어 주었다. 그 순간, 메디우스의 눈빛이 번뜩였다.

그의 머릿속에서는 복잡한 9클래스 마법에 대한 수식에서 거꾸로 내려가고 더 내려가, 가장 간단한 마법 수식에 대한 검토가 이뤄지고 있을 것이다.

"잠깐."

메디우스가 멈춰 섰다. 그리고 나 역시 메디우스의 뒤를 따르다가, 반걸음 정도 되는 거리에서 멈춰 섰다.

"잠깐만 아무 말도 하지 않고 서 있어줄 수 있겠나?"

"예, 그렇게 하겠습니다."

메디우스의 표정은 그 여느 때보다도 진지하고 엄숙해 보였다. 살짝 벌어진 입이 깊은 생각에 잠긴 그의 지금을 보여주고 있었다.

메디우스는 마치 정지 화면 속의 인물처럼 가만히 멈춘 채로, 심지어 눈을 깜빡이는 것조차 잊은 채 생각에 빠져들었다.

나는 조용히 하늘을 올려다보았다. 어두운 하늘에는 보름달이 보란 듯이 떠 있고 그 아래로 구름이 줄을 지어 이동하고 있다. 보름달은 구름들의 틈 사이로 달빛을 쏟아내며 이곳을 환히 비춰주고 있다.

"아······!"

바로 그때. 메디우스에게서 탄성이 터져 나왔다.

구르르르르룽.

동시에 평온했던 하늘에도 갑작스런 변화가 일어나기 시
작했다. 달빛을 간간히 가리던 구름이 갑자기 한데 뭉치기
시작하면서 회전하기 시작한 것이다.

마치 주변에 있는 모든 구름을 빨아들이려는 것처럼, 회
전을 하면 할수록 구름의 크기는 더욱 커져갔다. 달빛은 온
데간데없이 사라졌고 하늘에는 두껍게 뭉친 구름이 모이고
모여 작은 태풍 같은 모습을 만들어냈다.

순식간에 만들어진 거대한 구름은 당장에라도 천둥과 번
개, 비바람을 쏟아낼 것처럼 그 위용을 뽐냈다.

"정말 그게 답이었는가······."

메디우스의 굳어 있던 표정이 풀렸다. 그가 손을 살짝 하
늘로 뻗자, 기다렸다는 듯이 거대한 구름의 하늘에서 지면
으로 소용돌이처럼 빨려 내려오기 시작한다.

이내 블레도스 산 정상까지 내려온 소용돌이가 산 능선
을 타고 나와 메디우스가 있는 곳으로 가까워져 왔다.

후드드득. 후드드드득.

휘몰아치는 바람.

하지만 메디우스가 손을 털어내자, 순식간에 모든 것이 사라져 버렸다. 원래대로 돌아온 것이다.

그는 내가 보는 앞에서 그렇게 9클래스의 대마법사가 되었다.

너무 간단해서 본인도 예상하지 못했던 방법으로. 물론 모든 마법사가 메디우스와 같은 방법으로 9클래스가 될 수 있는 것은 아니다.

누군가에게는 복잡한 마법 수식을 풀어내는 것이 깨달음이 될 수도 있지만, 메디우스에게는 아니었을 뿐이다.

"허어⋯⋯."

메디우스는 한참을 멍하니 서 있었다. 자신이 15년을 걸려도 해결하지 못했던 문제를 이 청년, 그러니까 내 조언으로 이루어냈다는 사실에 놀라움을 감출 수 없어서였을 것이다.

나는 그가 9클래스로 진입했다는 사실을 알아차렸지만 내색하지는 않았다. 그에게 직접 말할 수 있는 기쁨을 주고 싶었다.

"무슨 일입니까? 설마⋯⋯?"

천연덕스럽게 말을 이었다. 이 모습을 그가 보고 있다면, 보면서 몇 번이고 배를 잡고 웃었을 것이다. 다 알면서도 모르는 척 연기를 하고 있으니, 혹은 발연기라고 생각할지도 모를 일이고.

"껄껄껄, 이 메디우스가 정말 큰 신세를 지게 됐어. 레논, 자네에게 말이야. 껄껄껄! 그래, 자네가 생각하는 바로 그것이네! 아, 와하하하하하!"

메디우스는 세상의 모든 것을 가진 것처럼 행복해했다. 기쁜 마음을 주체하지 못하는 그의 모습에서 진실된 행복함이 느껴졌다. 이 순간, 곁에 누군가가 있다는 것만으로도 그에게는 큰 기쁨이리라.

나는 연신 축하드립니다, 하는 말을 반복하며 메디우스의 깨달음을 축하해 주었다. 여기서 그 어떤 말이 필요하겠는가?

*　　　*　　　*

"이 메디우스가 평생을 갚아도 모자랄 엄청난 신세를 지게 되었어. 가장 기본적인 것으로 돌아가라… 왜 그 생각을 하지 못했을까. 내가 너무나도 당연하게 생각했던 기본 수식들, 지금은 쓰지 않는 것들에 결함이 있었네. 너무 오래 전의 기억이라 왜곡된 기억을 진실처럼 생각하고 있던 게 문제였네."

"아닙니다. 그저 제가 생각할 수 있는 한계가 그것이었을 뿐입니다."

"아냐, 그렇게 해석할 상황이 아니지. 자네에게 엄청난 신세를 졌어. 이건… 내가 두 눈을 감는 순간까지도 잊을 수 없는 기억이 될 거네. 정말 고맙네. 정말로 고마워."

메디우스는 나와 함께 길을 걷는 내내, 계속 손을 맞잡은 채로 감사하다는 말을 건넸다.

이렇게 그는 현재 생존해 있는 유일무이한 9클래스의 대마법사가 되었다.

"정말로 축하드립니다. 제가 조금이라도 보탬을 드릴 수 있었다는 사실이 너무나도 기쁩니다. 제게 크나큰 영광이 될 겁니다."

"후후, 난 자네가 없었다면 평생 이 깨달음을 얻지 못했을 거네. 정말이야. 단언할 수 있네."

"정말 축하드립니다."

"레논."

"예, 메디우스 님."

"난 반드시 자네에게 이에 대한 보답을 하고 싶네. 자네가 한사코 거절을 한다고 해도 말이야. 어떤 소원이든 들어주겠네. 이 모자란 늙은이가 스스로 목숨을 끊어주길 바란다는 부탁만 아니라면 말이야."

"……."

메디우스에게 있어 오늘의 일은 그의 말대로 평생을 미완성의 대마법사로 살았을 것인가, 아닌가로 갈리는 아주 중대한 일이었다.

그가 저런 제안을 내게 하는 것은 전혀 이상한 일이 아니다.

누군가 내일 공개될 로또 복권의 당첨 번호를 알려준다고 한다면? 당첨이 되는 순간 마음이 바뀔 수도 있겠지만, 정상적이라면 반드시 그 사람에게 사례를 하고 싶어질 터다.

나는 메디우스가 자신의 필요에 따라 사람을 대하고 이득만 취하고 관계를 정리하는 사람이 아니라는 것을 알고 있었다. 이 역시 내게는 계산된 행동이었다.

"괜찮다고 말씀드려도, 괜찮지 않으시겠죠?"

"물론이네. 난 반드시 이것에 대한 보답을 해야겠네. 억만금을 마련해 달라면 내 그리하지. 진귀한 보물이 가득한 드래곤의 레어를 찾아가서 좀도둑질을 하는 한이 있더라도 말이야."

"그렇다면 나중에 그 소원을 말씀드려도 되겠습니까? 솔직하게 말씀드리면, 이렇게 맺게 된 귀중한 인연과 행복한 기억들을 계속 이어 가고 싶습니다."

"껄껄껄, 나와의 연결 고리를 오래도록 만들어두고 싶다,

이런 말이로군."

"그렇습니다."

"레논, 자네는 참 솔직하구만."

"그게 문제가 될 때도 종종 있기는 합니다. 하하하."

메디우스의 말에 나는 능청스럽게 웃음을 흘렸다. 그는 솔직한 것을 좋아하는 사람이다.

그 사람이 어떤 성격인지, 무엇을 좋아하는지, 어떤 식의 대화를 즐기는 사람인지 잘 알고 있다면, 이렇게 사람에 맞게 보여주는 내 모습을 달리 할 수도 있는 것이다.

"좋네. 그럼 이렇게 하지. 자네에게 마법진이 그려진 스크롤을 하나 만들어 주겠네. 나를 언제든 호출할 수 있는 스크롤이지. 내가 필요할 때, 그 스크롤을 찢으면 내가 죽지 않은 이상은 텔레포트를 이용해 자네에게 올 수 있을 거야. 내게 원하는 것이 생기면, 그때 스크롤을 찢어 나를 부르게. 그곳이 어디든, 설령 극지나 오지여도 꼭 찾아가겠네."

"감사합니다. 그렇게 해주십시오."

나는 공손하게 인사를 올렸다. 내가 메디우스에게 바라는 것은 나의 마법 스승이 되어주는 것이다. 하지만 지금 꼭 필요한 것은 아니다.

내 스스로도 충분히 실력을 키워갈 수 있을뿐더러, 그가 내게 줄 수 있는 마법적인 가르침들은 나 역시 알고 있기 때문이다.

내가 메디우스에게 원하는 것은 사제의 연을 맺고 내가 과거의 삶에서 미처 전해 듣거나 알지 못했던 그의 수많은 경험과 연륜들을 전해 듣는 것이었다.

그리고 매번의 삶마다 각기 다른 고비로서 찾아왔던 하이클래스의 벽을 깨는데 있어, 그의 도움이 필요했다.

아직 걸음마 단계를 걷고 있는 내 상황에서, 지금 당장 메디우스가 함께하는 것은 큰 의미가 없다. 오히려 세간의 관심만 끌게 될 것이고 역효과가 될 것이다.

메디우스에 대한 안 좋은 시선을 가지고 있는 자들의 감정이 고스란히 제자인 내게도 전해질 테니까. 그래서 나는 훗날을 기약할 수 있는 약속만 받아두는 것이다.

필요할 때가 되면, 자연스럽게 그에게 원하는 바를 말할 수 있도록.

지금의 메디우스는 확실히 적이 많다.

이제 9클래스의 마법사가 되었으니, 각국의 마법 학계에서 앞을 다투어 그를 초청하려 할 것이다. 그의 인격이나 행보를 비난하던 마법사들도 마법적인 성취에서 만큼은 더 이상 인정하지 않을 수 없게 될 터.

당분간 메디우스는 각국을 돌며 자신의 경험담과 마법에

대한 가르침을 전하고 자신에 대한 안 좋은 인식들을 자연스럽게 씻어낼 좋은 계기를 마련할 것이다.

나는 충분한 시간이 지난 다음 메디우스를 다시 찾을 생각이었다. 그 정도면 충분했다.

*　　　*　　　*

커피와 빵, 이정도면 충분했다.

나와 메디우스는 밤을 지새워가며 수많은 이야기를 나누었다.

나는 메디우스에게 마법사로서 살아오면서 겪었던 일들에 대해 이야기해 주길 바랐고 메디우스는 자신이 잘 알지 못하는 시시콜콜한 세상사들에 대해 듣길 바랐다.

이야기꽃을 피우는 동안, 여관 주인도 잠이 들고 요리사도 잠이 들었다. 우리는 식어버렸지만 마시기엔 더할 나위 없이 향이 좋은 커피와 수북하게 쌓인 빵을 계속 비우며, 시간 가는 줄 모르고 이야기를 나눴다.

그리고 막 동이 트려고 할 무렵.

메디우스가 먼저 떠날 채비를 했다. 오랜 여행 끝에 성취를 얻었으니, 이제 고향으로 돌아가 앞으로 어떻게 움직일지 생각해 보겠다고 했다.

"자, 받게. 혹시나 실수로 찢는다고 해도 와서 다시 하나 더 만들어 줄 테니 너무 애지중지 할 것 까진 없네."

"감사합니다. 잘 간직하고 있다가, 메디우스 님이 꼭 필요할 때 이 스크롤을 찢겠습니다."

"레논, 자네는 내 은인이야."

"천만의 말씀을요. 제겐 과분한 칭찬이십니다."

"껄껄껄, 맞는 걸 아니라고 할 수는 없잖나. 난 자네에게 아주 큰 빚을 졌어. 단, 자네가 원하는 대로 이 성취에 도움을 준 사실은 비밀에 부치겠네."

"예, 감사합니다."

지금의 나는 세상의 관심을 최대한 적게 받는 것이 좋다. 당장에 키아그라 사업만 시작해도 주목을 받게 되겠지만, 메디우스의 9클래스 진입을 도와준 마법 학도라는 소문이 퍼지면 이야기가 골치 아파진다.

메디우스가 나에 대한 고마움으로 내 이름을 언급할 수도 있었기에 나는 메디우스에게 도움을 준 내 이름에 대해서는 누구에게도 말하지 않을 것을 약속받았다.

혹여 잘못된, 엇나간 생각을 하는 눈먼 놈이 꾀일 수도 있는 만큼.

"후아, 이 정도면 준비는 다 끝난 것 같고."

메디우스가 신발 끈을 고쳐 매고 일어서며, 깊은 한숨을 내쉬었다.

새벽의 산 공기는 차면서도 신선했다. 메디우스와 나는 아무 말 없이 서로를 마주본 채, 잠시 동안 산풍을 타고 전해지는 풀 내음을 만끽했다.

"하아."

"후아."

똑같은 반응이 서로에게서 나오자, 살며시 미소가 지어진다. 나는 천천히 그에게 인사를 올렸다.

"또 뵐 날을 기다리겠습니다."

"기다리겠네, 레논. 이름을 반드시 기억해 두지. 그럼, 이만 가보겠네."

메디우스가 돌아섰다. 그리고 성큼성큼 자신의 고향 땅이 있는 남쪽 방향을 향해 점점 멀어져 갔다.

메디우스는 내게 이름을 제외한 그 어느 것도 묻지 않았다.

그저 스페디스 제국 어딘가에 살고 있는 마법 학도 정도로만 알고 있을 뿐이다. 내가 귀족인지 평민인지, 혹은 천민인지도 그는 물어보지 않았다.

하지만 복색에서 느꼈을 것이다. 귀족은 아니라는 것을. 그래서 더 이상함을 느꼈을지도 모른다. 평민이 마법을, 그것도 자기만의 연성법으로 다루는 것은 결코 흔한 일이 아니기에.

그 모든 궁금증을 메디우스는 기분 좋은 호기심으로 묻어둔 듯했다. 나 역시 메디우스와 못다 한 이야기들을 즐거운 여운으로 묻었다.

언제고 내가 원하면, 메디우스와 다시 얘기할 날이 올 것이다.

*   *   *

카터는 아침을 훨씬 넘겨서야 일어났다.

간밤에 나와 메디우스 사이에는 짧고도 굵은 일이 있었지만, 세상모르고 잠들어 있던 카터는 아무것도 알지 못했다. 알아도 상관없지만, 몰라서 나쁠 것은 없다.

계획했던 산행을 만족스럽게 마친 나는 카터와 함께 다시 마을로 향했다.

키아그라스와 예넨은 충분히 캤다. 이제 남은 것은 마을로 돌아가 키아그라를 제작하고 최대 고객이 되어줄 영지의 대영주 토키 백작에게 찾아가는 일이다.

키아그라 판매가 시작되면 영지의 남자들, 특히 부인을 둔 청장년층의 남자들이 들썩이기 시작할 것이다.

벌써부터 기대가 됐다.

키아그라 장사를 통해 번 돈은 카터와 균등하게 분배하고 나는 필요한 만큼의 돈이 모이는 대로 장사꾼 로난을 찾아갈 것이다.

내 마법 연성의 첫 시작은 바로 그가 가진 저주받은 아티팩트 링(Ring)과 금지된 마법서로부터 시작되기 때문이다.

지금까지 아티팩트 링을 손에 넣었던 사람들은 모두 미치광이가 되어 살인마가 되거나, 스스로를 통제하지 못하고 목숨을 끊었다.

세상 그 어느 마법사도 손대지 못하는 물건.

나는 그 물건에 손을 댈 생각이다.

6장

고개 숙인 남자들이여, 일어나라

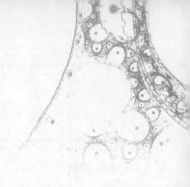

　키리아트 마을로 돌아온 나는 바로 키아그라 제작에 들어갔다. 제작하는 방식 자체는 어렵지 않은데, 손이 많이 가는 것이 단점이었다.

　나는 카터에게 부탁해 키아그라를 제작하는 대로 담을 유리병을 구했다. 키아그라는 다양한 형태로 만들 수가 있다. 물약, 분말, 혹은 즙 형태로.

　가장 즉각적으로 효과가 오면서 시각적으로도 괜찮은 것은 역시 물약 형태다. 흡수가 빠르고 동시에 색깔이 붉은빛이 감돌면서 흡사 체리 에이드 같은 것을 연상하게 하기 때문이다.

분말 같은 경우는 가루로 먹는 것 자체가 텁텁하다며 싫어하는 경우가 꽤 많았고 즙 역시 입안에 느낌이 남는 잔존감이 있어 호불호가 갈렸다.

물약 형태로 만들게 되면 침전물이 생기지 않도록 제조하고 남은 찌꺼기들을 따로 모으게 되는데, 이것대로 쓰임새가 꽤 쏠쏠했다. 찌꺼기들도 먹을 수 있기는 했다. 효능이 다소 떨어지긴 했지만, 쓸 수 없는 것은 아니었다.

그래서 나는 주력을 물약 형태로 삼되, 남는 찌꺼기들을 2차 가공해서 만든 제품에 대해서는 후일 저가형 상품으로 내놓기로 했다. 쉽게 말하자면 두부를 메인으로 팔고 콩비지를 서브로 파는 것과 같은 셈이다.

"오빠, 이게 뭐야? 뭔데 이렇게 열심히 만들고 있는 거야? 나도 먹어도 괜찮은 거야?"

열심히 물약, 그러니까 포션 제작에 열중하고 있자 레니가 옆으로 다가와 호기심 어린 눈빛으로 보고 있었다. 그럴 만도 했다. 집 안의 살림이란 살림은 모두 꺼내다가 재료를 담고 빻고 찧고 끓이고 있었으니까.

좀 더 수월하게 만들려면 그만한 돈을 투자해서 제조 공정을 구축하면 된다.

하지만 굳이 그럴 필요까지는 없는 작업이기 때문에 나

는 필요 이상의 투자를 하고 싶지는 않았다.

내 건강이 회복되면서 집안 살림이 어느 정도 나아진 것은 사실이지만, 큰돈을 투자할 수 있을 만큼 여건이 나아진 것까진 아니었다. 그리고 이런 토속적인 방법으로 만드는 것도 나쁠 것은 전혀 없었다.

"카터와 함께 열심히 돈을 벌어 볼 아이템이야. 마법의 묘약이거든."

"마법의 묘약? 그게 뭔데? 예뻐지고 그러는 거야?"

남자와 여자의 관심은 시대, 배경을 불문하고 역시나 다르다. 같은 나이 대의 남자 아이에게 마법의 묘약이라는 얘기를 했다면, 반응은 하나였을 것이다. 오래가요? 하지만 레니는 순수한 여자아이답게 외모에 관련된 약일 것이라 생각했다.

"음, 남자들에게 아주 도움이 되는 묘약이지."

"오빠한테도? 건강식품 이런 건가?"

모르는 걸까, 모르는 척하는 걸까. 레니가 천연덕스럽게 되묻는다. 올해로 열여섯. 알 것 다 알 나이이기도 하지만, 꼭 그렇게 생각할 수도 없는 나이다.

내가 이 세계로 오기 전까지만 해도, 남자치고는 비교적 보수적인 편에 속했었다. 성적인 농담이나 관련된 이야기를 떠벌리거나, 안주 삼아 이야기하길 좋아하지 않았다.

하지만 수많은 삶을 반복해서 살다보니, 인간 본연의 욕구들에 대해 충실하고 또 이에 대해 자세히 알아간다는 것이 부끄럽지 않았다. 이야기하기도 꺼려지지 않았다. 만난 여자만 해도 셀 수 없을 만큼 많았고 각기 다른 몸매와 신체 구조를 지닌 여성들과 보낸 잠자리도 매우 많았다.

내가 해보지 않은 사랑이 있다면… 동성, 그러니까 같은 성별의 타인과 나눈 사랑뿐이다. 아, 물론 당할 뻔했던 적은 있다. 좋은 기억은 아니다.

"나한테 당장은 필요 없는 약이야. 하지만 카터에게는 필요한 약이지. 과연 뭘까?"

"뭘까아……?"

"정말 모르겠어? 아니면 아는데 직접 말하기가 좀 그런 답이야?"

"으, 으응… 왠지 그거, 일 것 같은데. 그거."

레니의 눈빛이 묘하게 흔들린다. 나는 짓궂게 레니를 좀 더 몰아붙여 보기로 했다.

"맞아, 그거야, 그거. 말해봐, 그거가 뭔데?"

"에이, 어떻게 그걸 말해! 부끄럽단 말이야."

"응? 부끄러울 게 뭐가 있어. 레니, 이상한 생각 하고 있는 거니?"

"으응? 아, 아, 아니야! 그런 거 아니라구! 그럴 리가 없잖아!"

"근데 레니가 생각하고 있는 그게 맞아. 그런 약이야."

나는 명확한 해답 대신 둘러대는 말로 이야기를 매듭지었다. 순진한 레니지만, 알 건 다 알고 있는 듯하다.

"레니는 100골드가 생기면 뭘 하고 싶어?"

나는 화제를 돌렸다. 장난은 이 정도면 충분하다. 레니를 곤란하게 만드는 것은 내가 원하는 바가 아니다.

"음… 100골드? 100골드면 뭘 할 수 있을까?"

레니가 볼에 빵빵하게 바람을 불어넣은 채로 눈을 좌우로 돌리며 생각에 골몰히 잠겼다. 100골드, 평민의 삶에서 쉽게 손에 쥘 수 있는 돈은 절대 아니다.

특히나 우리 집안처럼 편부, 편모인 집안에서 유일하게 성인인 한 사람이 가장이 되어 살림을 꾸려가는 형태라면 더더욱 꿈꾸기 힘든 일이다.

실버나 코퍼 단위의 경제 활동을 하고 있는 레니에게 골드는 먼 나라의 이야기다.

툭툭. 탁탁. 툭툭. 탁탁.

나는 계속해서 키아그라스와 예넨을 빨아 즙을 냈다. 레니는 그 모습을 신기한 듯 보다가도 100골드, 100골드 하고 중얼거리며 또 생각에 잠겼다.

"오빠가 간단하게 말해줄까?"

"응!"

아무리 생각해도 감이 오질 않는 모양이다. 내가 살짝 운을 떼자, 레니가 기다렸다는 듯이 고개를 끄덕였다.

"매일 고기반찬으로 된 끼니를 평생 먹을 수 있어. 한 끼도 빠짐없이, 가장 좋은 양질의 고기로 말이야. 죽는 날까지도 먹을 수 있을 거야."

100골드의 가치는 대한민국의 현실에 비추어 생각한다면, 10억 정도 된다. 정확한 변환 수치라고 할 수는 없지만, 쉽게 말해서 서민의 입장에선 로또 복권 당첨이 되지 않으면 꿈꿀 수 없는 액수의 금액인 것이다.

라일란트 여관에서 메디우스와 있을 때, 여관 주인이 메디우스가 건넨 금화 하나, 그러니까 1골드에 모든 손님을 마다하고 문을 닫은 이유는 너무나도 간단하다. 손님 하나가 천만 원을 하루치 방세로 냈으니, 다른 손님을 굳이 받을 이유가 없는 것이다.

"우와, 정말이야?"

"응. 이제 곧 레니에게 그런 일이 생길 거야."

"정말……? 그게 가능한 일일까? 난 오빠가 뭘 하려고 하는지 전혀 모르겠어. 도대체 뭐야?"

레니는 도통 모르겠다는 눈치다. 기다려 봐, 오빠만 믿고. 나는 그렇게 말을 이었다.

"여어, 레논!"

그때, 익숙한 목소리가 밖에서 들려왔다. 카터의 목소리였다. 카터가 온 것을 보니, 어느덧 저녁이 된 모양이었다. 어머니가 퇴근하실 시간이기도 하고 녀석에게 내가 키아그라를 전해주기로 한 시간이기도 하다.

"카터 오빠다! 카터 오빠!"

나보다도 카터를 더 좋아하는 레니가 한달음에 문을 열고 달려나갔다. 레니가 카터에 대한 애정은 이성에 대한 호감이 아니라, 좋은 오빠에게 느끼는 친근감 같은 것이다. 아무리 남녀 간의 호감이 좋은 것이라 해도, 유부남에게 느끼는 호감은 오빠로서 용납할 수 없는 감정이다. 물론 그런 비극은 없겠지만.

"후우."

하루 종일 반쯤 쭈그려 앉은 자세로 보낸 나는 카터의 도착과 함께 드디어 굳어 있던 몸을 쭉 펼칠 수 있었다.

"아으으으으으윽."

허리부터 어깨까지 전해져 오는 뻐근함을 기지개로 털어내며, 나는 힘껏 신음을 토해냈다. 그리고 마침 막 제작이 끝난 키아그라 포션 하나를 집어 들었다.

반 뼘 정도 길이에 손가락 세 마디 정도 폭의 유리병에 담긴 키아그라 포션. 이 정도의 약이 딱 정량이다. 과도하

게 오래가지 않으면서도, 남녀가 모두 만족할 수 있는 정점
에 도달할 수 있는 용량이다.

첫 임상 실험 대상자는 당연히 카터다. 부작용이 있는 약
이었다면 내가 먼저 먹어봤겠지만, 키아그라 포션은 과거
에 수도 없이 만들어봤으니 문제가 없는 것은 내가 보장할
수 있다. 정량만 복용한다면 아무런 문제가 없다.

"카터, 나간다!"

손에 잔뜩 묻은 약초 찌꺼기들을 털어내며, 나는 키아그
라 포션을 들고 밖으로 나섰다. 녀석에게 마법의 묘약을 전
해줄 시간이다. 경험담은 내일 아침쯤 들어보면 되겠지.

*   *   *

"이거 정말 확실한 거냐?"

"이미 먹어봤잖아."

"그렇긴 하지… 어제 부인한테 얘기했더니, 그런 걸 왜
먹냐고 하면서도 내심 기대하는 눈치더라고. 알잖냐, 내 와
이프 엄청 밝히는 거."

"아니, 모르던 사실인데."

"아, 그랬냐? 아, 아무튼! 내가 밤에 좀 여러 가지로 힘든
게 사실이다. 그냥 안 재우니까, 흠흠."

나는 카터의 자랑에 풋 하고 웃음을 터뜨렸다. 나조차도 생각지 못하게 터져 나온 웃음이었다. 번데기 앞에서 주름을 잡는 격이지만, 이해는 간다. 카터에게 있어 나는 여자 경험은 물론이고 제대로 된 연애조차 해보지 못한 녀석이니까.

남자들의 이야기, 특히 성… 그러니까 섹스(Sex)에 대한 이야기는 십중팔구가 허풍이고 과장된 이야기라는 말이 있다. 3분이 30분이 되고 파트너가 말한 '좋았어' 라는 말 한마디가 '황홀했어' 라는 말로 둔갑하는 일은 종종 생기는 일이다.

나는 카터가 부족한 능력이나마 박박 모아 밤마다 부인을 들들 볶는다는 것을 알고 있다. 혈기 왕성한 나이의 남편이니 당연한 일이다. 한데 녀석이 알맹이는 쏙 빼고 진실을 뒤바꾸어 말하니 웃음이 날 수밖에.

"카터."

"응."

"너도 알다시피 이 약은 앞으로 선풍적인 인기를 끌게 될 거야. 하다못해 어린 너도 관심을 가지고 있잖아. 제국의 수많은 유부남이 열광하게 될 거다."

"…그렇겠지?"

카터는 아직 확신까지는 들지 않는 것 같다. 약효를 확실하게 체험해 보지 못했기 때문이기도 하겠지만, 장사에 대한 감이 오지 않아서일 것이다.

"나에게는 감별법과 제조법이라는 노하우가 있고 네게는 나에게는 부족한 장사 수완이 있어. 카터, 만약에 이 일에 네 모든 역량과 시간을 투자해야 한다면 할 수 있겠어? 나는 준비가 됐다."

눈을 뜬 순간부터 준비해 온 일이다. 나는 망설일 이유가 없다. 다만 카터에게는 이야기가 좀 다르다. 장사에 올인을 하기 위해서는 우선 약초꾼 생활을 잠시 접어두어야 한다.

약초꾼들의 휴식기는 한 달이면 끝이 난다. 그때부터는 다시 계약을 하고 매일 같이 산행을 떠나야 하는데, 그런 일정으로는 키아그라 판매는 불가능하다.

그렇게 되면 내가 전면에 나서거나 해야 하는데, 이왕이면 카터가 움직여 주는 것이 좋다. 과거의 경험으로도 판매 성적은 내가 전담했을 때보다 카터가 전면에 나섰을 때 훨씬 더 좋았다.

녀석은 지금 본인 스스로도 잘 모르고 있다. 자신이 얼마나 장사꾼 체질인지를.

"넌 나를 얼마나 믿냐?"

카터가 되묻는다.

"나보다 너를 더 믿는다."

나는 망설임 없이 답했다. 정해놓은 멘트가 아니다. 진심으로 한 말이었다.

카터는 나를 위해서 정말 모든 것을 희생해 줄 수 있는 친구였다. 그런 친구를 두고 나는 다른 생각, 마음을 가질 수 없다. 그럴 필요도 없다.

"네가 나를 필요로 하고 뛰어들 준비가 됐다면… 굳이 고민할 필요가 있냐? 같이하는 거지. 레논, 우리 이제 열일곱 살이야. 아직 인생 시작도 안 했다. 까짓것 약초꾼 생활이야 나중에라도 다시 하면 되는 거고. 걱정 마, 나는 네가 한다면 한다."

카터가 어느새 맞잡은 내 손을 꽉 움켜쥐었다. 움켜쥔 손을 따라 카터의 감정이 고스란히 전해진다. 믿음, 신뢰, 열정, 희망, 투지, 등등등.

"자, 돌아가 봐. 그리고 네가 직접 체험해 봐라. 백 번 듣는 것보다 한 번 느껴보는 게 낫지 않겠냐?"

"그래, 어디 한 번 약빨 좀 받아보자! 근데 언제 마시면 되냐?"

"사랑하기 10분 전에."

카터에게 답을 해주고 나니, 마치 어떤 노래의 제목을 읊는 것 같다. 사랑하기 10분 전에. 문득 든 생각이긴 하지만, 나중에 키아그라를 정식 판매하게 될 때 타이틀 문구로 써도 괜찮겠다는 생각이 들었다.

사랑하기 10분 전에.

모든 연인과 부부들이 가장 두근거릴 바로 그 시간에.

*   *   *

"어머니."

"응?"

"영주 토키 백작님에 대해서 돌고 있는 소문이나 이야기, 어머니도 알고 있죠?"

그날 밤.

레니가 일찍 잠든 시간, 나는 어머니에게 물었다. 어머니가 일하고 있는 바톤 제과점은 고객들도 많지만, 그 근방을 지나다니는 사람들이 많아 수많은 이야기가 도는 곳이었다.

"영주님이니 당연히 이야기야 많지. 하지만 다 근거 없는 소문들 아니겠니? 낯간지러운 이야기이기도 하고."

생각했던 어머니의 반응이 나온다. 어머니는 매우 순진하신 분이다. 그리고 성적인 분야에 대한 대화는 이야기하길 부끄러워하고 모르는 게 약이라고 생각하는 전형적인 이 시대의 여성이기도 했다.

어머니의 반응을 보니 내가 생각하고 있는 사실들은 이번 삶에서도 예상대로 변함이 없는 것 같다.

토키 백작.

대영지의 영주이자, 상공업자들을 위한 정책으로 꽤 많은 지지층을 가지고 있는 그는 오래전부터 말 못할 비밀을 하나 가지고 있다.

영주로서 착실하게 업무를 수행하고 영지민들의 존경과 선망을 동시에 받는 사람이지만, 남자로서는 남들 앞에서는 고개를 들 수조차 없는 치명적인 약점이 있었다.

발기부전, 강직도 저하, 조루.

남자라면 세 가지 중, 한 가지 항목에만 해당 사항이 생겨도 기겁을 하게 되는 문제점을 토키 백작은 전부 가지고 있었다.

토키 백작의 슬하에는 딸만 열 명이 넘는다. 항간의 소문에 의하면 사생아까지 합하면 수가 곱절은 넘는다는데, 확인되지 않은 사실이라 해도, 그 아이들 역시 전부 딸이라고 했다.

즉, 대를 이을 아들이 없는 것이다.

토키 백작의 저런 신체적 문제는 젊었을 때부터 있었다고 했다. 단, 그때는 젊은 혈기로 어떻게든 거사를 치르고 고생 끝에 아이를 가질 수 있었다. 문제는 그러면서 나이가 점점 들어갔고 이쯤이면 아들을 낳겠지 하면서 보낸 시간 속에서 계속 딸만 늘어났다는 것이다.

시간은 계속해서 흘렀고 토키 백작은 점점 늙어갔다. 젊었을 때는 어떻게든 일사천리로 치렀던 관계도 이제는 힘들어졌다. 남자의 상징인 '그것'을 소변보는 용도 이외에는 쓸 일이 없어져 버린, 그야말로 고개 숙인 남자가 되어 버린 것이다.

스페디스 제국의 법도상, 직계 가족이라 하더라도 여자는 영지를 상속받을 수 없었다. 이대로 토키 백작이 늙어서 죽게 되면, 뒤를 이을 사람이 없기 때문에 영지는 자연스럽게 제국으로 귀속된다.

그러면 새로운 영주가 부임하게 될 것이고 토키 백작의 가문이 새 영주의 관리 감독 아래에서 어떻게 지내게 될지는 그 누구도 장담할 수가 없었다.

키아그라는 고개 숙인 남자인 토키 백작에게 가문의 단비와도 같은 존재가 될 것이다. 쪼그라든 늙은이의 물건을 세워 남자 구실을 하게 해줄 수 있냐고? 가능하다. 키아그라이기 때문에 가능한 일이다.

지금 토키 백작에게는 여전히 출산할 능력을 가진 수많은 처첩이 있다. 씨를 뿌릴 수만 있다면, 씨를 받아낼 수 있는 땅은 얼마든지 있는 것이다.

이제 곧 만날 사람이다.

예순을 넘긴 토키 백작이지만 외형상으로는 정정하다. 벗겨서 보지만 않는다면, 남자다운 야성적인 외모를 가지고 있기도 하다.

카터가 결정을 내리는 대로, 나는 카터와 함께 다이렉트로 토키 백작을 만나러 갈 생각이었다. 승부수는 빠르게 던질수록 좋다.

*   *   *

"우와아아아악, 레논! 레논!"

과거에 대한 몇 가지 기억을 더듬느라 새벽 늦게 잠이 들었던 나는 아침부터 집 밖에서 소리치는 카터의 목소리에 침대에서 벌떡 일어났다.

"카터 오빠… 뭐야, 아침부터… 매너 없게! 씨이!"

나처럼 곤한 잠에 빠져 있던 레니가 잠옷 차림으로 눈을 비비며 몸을 일으켰다. 잠이 덜 깼는지 몸을 일으킨 레니가 다시 이불 속으로 몸을 파묻고는 다시 잠들어 버렸다.

"리액션 한 번 화끈하군."

아직 잠이 덜 깬 상태였지만, 나는 카터의 목소리에 미소를 머금으며 문을 열고 나섰다. 이제 래퍼가 된 것처럼 아주 빠르고도 장황한 경험담을 쏟아내기 시작할 것이다.

문이 열리자, '레논 더 정말 대단하다!' 라는 목소리가 바로 귓가를 때린다.

"어때?"

"레논, 진짜, 대, 대박이다. 대박이라니까. 어제 내가 태어나서 처음으로 15분을 넘겼어. 그러니까 아니, 처음, 처음까지는 아닌데 아무튼 엄청 길게 했다고. 부인이 엄청 좋아했단 말이야. 거기다가 한 번만 하고 끝난 것도 아냐. 정말 지칠 때까지 했어. 죽지 않아, 죽지 않는다고! 아주 불끈 불끈해! 너, 도대체, 이거, 아니 왜 네 아버님은 이걸 상품으로 안 만드신 거냐?"

카터는 이 장문의 말을 5초 만에 모두 뱉어냈다. 확실한 경험과 체험이 묻어나는 한마디였다.

"확신이 들어?"

"이거 대박이야. 당장에 우리 마을에만 해도 말 못할 고민을 가진 아저씨들이 얼마나 많은데. 옆집에 사는 케론 삼촌도 이것 때문에 맨날 고민 아니시냐."

"그랬냐?"

그랬었나 보다. 잊고 있었던 기억이었다. 카터의 옆집에는 대장장이 일을 하며 성실한 삶을 살던 케론이라는 사람이 있었다.

근육질의 몸매에 마초적인 성격이라 마을 여자들은 우스
갯소리로 밤일에서 케론은 단연 으뜸일 것이라 수군거리곤
했었다.

한데 그 사람에게도 이런 고민이 있었다는 것이다.

"그래. 내가 볼 때 효과는 확실한 것 같다. 정말이다."

카터가 만족스런 미소를 지었다.

"그럼 바로 준비하자."

"지금 바로?"

"오늘 준비해서 저녁에 떠나는 거다. 토키 백작님의 저택
으로."

"계획은 있는 거야?"

"네가 협조만 잘해준다면, 확실한 방법이 하나가 있지."

나는 손가락 하나를 카터에게 펼쳐 보이며 말했다. 카터
는 고개를 갸웃거리면서도 확신에 찬 내 말에 눈빛에 묻어
나던 의심을 털어냈다.

초도 물량은 충분히 만들어 놓았다. 그리고 추가로 만들
기 위해서 인근의 산을 찾아가 키아그라스와 예넨을 캐도
된다.

일전에 블레도스 산까지 갔던 것은 겸사겸사 메디우스를
만나기 위함이었고 키아그라만 제작할 목적이라면 주변의
산에서도 얼마든지 약초들을 캘 수 있었다.

"무슨 계획인데?"

"그건 말이야……."

나는 카터의 귀에다 대고 조심스럽게 속삭였다. 토키 백작을 혹하게 만들기 위해서는 나와 카터의 약속된 팀플레이가 필요하다.

카터는 나의 계획을 들으며 수많은 감정을 드러냈다. 놀랐다가, 웃었다가, 인상을 찌푸렸다가, 진지했다가. 하지만 결론은 오케이. 한 번 해보자는 것이었다.

그렇게 시간은 쏜살 같이 흘러 저녁이 되었다.

그리고 해가 막 저물었을 때, 나와 카터는 토키 백작의 저택 안에 들어와 있었다.

*　　　*　　　*

입장 자체는 어렵지 않았다.

평민 신분의 영지민이 사적으로 영주를 보려고 하는 것은 있을 수도 없고 대단한 결례였지만, 나는 토키 백작을 찾아온 목적을 확실하게 설명하여 만남의 필요성을 어필했다.

토키 백작님의 오랜 근심을 해결할 수 있는 좋은 방법을 가져왔습니다. 제가 거짓말을 하고 있는 것이라면, 어떤 벌이라도 달게 받겠습니다. 한 번만 뵐 수 있게 해주십시오.

이게 내가 건넸던 말이었다.

저택 밖에서 1시간을 넘게 기다려야 했지만, 효과는 있었다. 토키 백작이 나와 카터의 입장을 허락한 것이다.

가진 옷 중에서 가장 깔끔한 복장을 갖추어 입고 나온 우리는 경비병들의 감시 속에 토키 백작을 만날 수 있었다. 토키 백작은 검술 수련에 매진하고 있었다.

우리가 안내받아 이동한 곳은 저택 한편에 마련된 수련장이었다.

수련장 외곽을 따라 횃불이 환히 밝혀져 있고 중앙에서는 토키 백작이 사방에 세워놓은 목각 인형을 놓고 열심히 검술을 수련하고 있었다.

예순을 훌쩍 넘긴 나이였지만, 검로에는 거침이 없었다. 검술은 나도 알고 있다. 마법만큼 깊게 파고들지는 않았지만, 과거의 삶에서 익스퍼트 급의 경지에 오른 검사의 삶을 살았던 적도 있었다.

다만 내가 마법이 아닌 검술에 매진할 생각을 하지 않게 된 것은 검술이 가진 태생적인 한계 때문이었다.

그가 바라는 것. 이 세계, 중간계의 최고가 되기 위해서는 필연적으로 드래곤을 언젠가 상대할 수밖에 없었다. 하지만 검술은 드래곤들을 상대로 위협적일 수는 있어도, 치명적이지는 못했다. 그것이 마스터 급의 경지에 오른 검사의 실력이라 해도 말이다.

실제로 과거에 대륙에서 드래곤 슬레이어(Dragon Slayer)라는 칭호를 부여받고 이름을 날렸던 자들도 대부분이 마법사였다. 혹은 마법과 검술을 동시에 구사했던 마검사들이었다.

그래서 내 계획 속에서 검술은 빠지게 되었다. 하지만 보는 눈은 여전히 존재하고 검술에 대한 이해 역시 부족함이 없다.

즉, 토키 백작의 저 검술이 하루 이틀의 연습으로 만들어진 게 아니라는 것을 알아차릴 수 있는 것이다.

"으윽."

예상은 했지만, 카터는 언제부터인가 몸이 바짝 굳어 있었다. 내가 몇 번이고 다독이며 왔지만, 영지의 가장 높으신 분을 만난다고 생각하니 오금이 저리는 모양이었다.

나는 카터의 등을 살살 쓰다듬어 주며 경비병의 안내를 따라 토키 백작에게 좀 더 가까이 다가갔다. 그러자 우리의 등장을 확인한 토키 백작이 목검을 놓고는 앞으로 다가왔다.

"그래, 날 보자고 했다고?"

"예, 영주님. 무례를 범하게 되어 죄송스럽습니다."

"죄, 죄송스럽습니다."

카터는 여전히 긴장하고 있다. 말을 더듬는 것은 긴장의 일반적인 표현이기도 하다. 나는 능숙하게, 그리고 예의 바르게 인사를 건넸다.

"아니, 그렇게 생각할 건 없어. 다만 시시콜콜한 이야기를 하겠답시고 날 찾은 거라면, 그만한 각오는 해야겠지. 그건 있을 수 없는 일이니까 말이야."

시이이이잉!

"……!"

토키 백작이 옆에 서 있던 경비병의 검집에 꽂혀 있던 검을 빼내어 나와 카터에게로 겨누었다. 카터는 눈을 질끈 감았다. 녀석, 아직 긴장이 덜 풀렸다.

확실히 이 수련장의 분위기는 매우 위압적이었다. 어지간한 담력을 지닌 사람이 아니라면, 분위기만 놓고도 주눅이 들 것 같을 정도로 싸늘한 기운이 감돌고 있었다.

"물론입니다. 절대 실망시켜드릴 이야기는 아닙니다."

"자신 있습니다!"

나와 카터가 순서대로 토키 백작에게 멘트를 이어갔다. 카터는 긴장을 극복하기 위해 우렁찬 목소리로 소리쳤다.

어찌나 소리가 컸던지, 일순간 경비병들의 시선이 우리에
게 한꺼번에 쏠릴 정도였다.

"무슨 이야기지? 들어보도록 하지."

"괜찮으시겠습니까……?"

나는 살짝 말끝을 올렸다. 토키 백작에게 '오랜 근심'이
라는 단어로 암시를 줬지만, 본인은 인정하고 싶지 않은 모
양이다. 어쩌면 일개 영지민이 이런 예민한 사실을 자세히
알고 있을 리 없다고 생각 할 수도 있다.

상관없다. 나는 토키 백작의 가려운 곳을 긁어줄 생각이
니까.

"괜찮으시겠다니? 그게 무슨 말이지?"

"영주님의 오랜 근심에 대한 이야기를 보는 눈이 많은 장
소에서 드리면, 결례가 되지 않을까 싶어서입니다."

"내 오랜 근심이 뭐라고 생각하나?"

토키 백작은 더욱 모르는 체를 했다. 냉랭한 목소리로 되
물으면서도 한편으론 눈빛이 살짝 흔들리고 있었다. 본인
이 본인의 근심을 모를 리 없다. 평생을 괴롭히고 있는 문
제에 초탈할 수 있을 리도 없다.

"사랑입니다."

나는 직접적이지 않으면서도 충분히 토키 백작이 이해할
수 있을 단어를 꺼냈다. 사랑, 그 단어에 수많은 의미가 내

포되어 있고 더 나아가 육체와 육체의 결합을 의미하기도 하는 단어.

이 정도의 단어면 경비병들이 혹여 듣게 되더라도, 생각을 다른 쪽으로 하도록 분산시킬 수 있다.

"사랑이라. 사랑이라……."

토키 백작이 나와 카터에게 겨누었던 목검을 그제야 거두었다. 그 잠시의 순간에 토키 백작의 표정에 일어난 변화를 나는 눈치챌 수 있었다.

카터는 긴장은 풀렸지만 여전히 굳어 있는 모습이었다. 지금 카터는 토키 백작보다, 주변을 둘러싼 무장 경비병들과 그 냉랭한 분위기에 압도당하는 중이었다.

이야기하는 장소로 수련장은 적합하지가 않다. 편한 곳에서 편하게 대화를 나눌 수 있는 게 좋다.

그래야 카터가 토키 백작 앞에서 약속한 실력 발휘도 할수 있다.

"영주님의 오랜 근심을 해결할 수 있는 기회를 주십시오. 좀 더 자세하게 말씀드릴 수도 있습니다."

다시 한 번 고개를 숙이며 예를 갖추고 나는 살며시 경비병들을 둘러보았다.

토키 백작에 대한 무언의 압박이었다. 당신에게 민감한 이야기를 하게 될 수 있으니, 눈이 적은 곳으로 가자. 이런 뉘앙스였다.

"재미있는 청년들이군. 좋아, 기회를 달라 이거지."

"예, 영주님."

"별채의 회의실이 좋겠군. 따라오도록."

그 사이, 경비병으로부터 수건을 건네받은 토키 백작이 얼굴 전체에 잔뜩 맺힌 땀을 닦아내며, 앞장 서 걷기 시작했다. 그의 걸음걸이 한 걸음 한 걸음에는 당당함과 자신감이 묻어나왔다.

영주라는 그의 위치가 그렇게 만든 것이기도 하겠지만, 한편으로는 자신의 약점을 숨기기 위해 의식적으로 더 그렇게 행동하고 있는 것 같아 보이기도 했다.

정말 고개 숙인 남자가 되었다고 해서 실제로도 고개를 숙이고 다닌다면 그것만큼 위신이 떨어지는 일도 없을 것이다.

"카터, 이제 그만 긴장해. 그만."

토키 백작의 뒤를 따라가며, 나는 내 옆에서 입술을 질끈 깨문 채 따라오고 있는 카터에게 들리지 않는 목소리로 말했다.

그러자 카터가 연신 고개를 끄덕이며, 주먹을 움켜쥐었다 펴기를 몇 번이나 반복했다.

그래도 수련장을 떠나 점점 시선이 적은 곳으로 이동하

고 있으니 표정이 한결 나아지는 눈치였다.

　나는 미리 담아온 세 개의 키아그라 포션 병이 담긴 가방을 다시 한 번 살폈다. 상태에는 아무런 문제가 없었다. 이제 들어가서 본론에 돌입할 시간이다.

＊　　　＊　　　＊

　토키 백작을 따라 간 별채의 회의실은 정말 조용했다. 저택 본채와도 떨어진 거리에 있을뿐더러, 저택에서도 가장 구석진 곳에 있어 눈에 잘 띄지 않았다.

　들어가기에 앞서 경비병들은 입구에서 한 번 검문검색을 거쳤음에도, 다시 한 번 우리의 몸을 살폈다. 가져온 것은 키아그라 포션 세 병이 전부였다. 몸에는 흉기가 될 만한 것은 없었다.

　그렇게 안전하다는 것이 확인되고 나서야 경비병들은 우리를 별채 안으로 들여보내 주었다.

　토키 백작은 상석에 앉았고 나와 카터는 아래에 자리했다. 어색한 적막이 잠시 감돌고. 토키 백작이 먼저 말문을 열었다.

　"얘기를 들어보지."

　"예, 저희가 영주님에게 드리기 위해 준비해 온 물건은

이것입니다. 약초들을 조합하여 만든 정력제입니다. 지금
세간에는 공개되지 않은 특별한 물건이죠."

"정력제라……?"

순간 토키 백작의 얼굴에 솔깃한 표정이 인다. 수많은 정
력제를 직접 먹어보고 체험해 본 그라는 것을 알고 있다.
효험이 없으니 지금 이런 상황에 이른 것이겠지만, 먹어본
경험만 놓고 보면 토키 백작을 거쳐 간 약제들의 수만 해도
수백 종이 넘는 것이다.

"예. 영주님의 오랜 근심은……."

나는 잠시 말의 템포를 늦췄다. 너무 거침없이 말해도 좋
지 않다. 당사자에게는 콤플렉스가 되는 말이기에 최소한
주저하는 모습이라도 보여주어야, 상대가 조심스럽게 말을
이어가고 있다고 여길 것이다.

"말해봐라. 뭐라고 생각하는지."

"오랜 기간 후사를 제대로 보지 못하고 계신 것이 아닙니
까? 슬하에 영주님의 뒤를 이을 아드님이 계시지 않다는 것
이 오랜 근심이라고 알고 있습니다."

"그건 모두가 아는 사실이고."

토키 백작이 고개를 끄덕인다. 그는 좀 더 정곡을 찔러주
기를 원하고 있는 것 같았다.

단순한 정력제라면 그에게는 아무런 도움이 되지 못한

다. 몸에 힘은 넘치는데, 필요한 곳에는 제대로 힘이 들어가지 않는 것이다.

"필요한 것은 사랑, 사랑에 쏟아내야 할 역량이 부족하실 것이라는 점입니다."

타앗!

그 순간, 토키 백작이 팔걸이를 밀치며 일어섰다. 상당히 언짢아하는 표정이었다. 하지만 그는 달리 말을 잇지는 않았다. 그저 매서운 눈빛으로 나와 카터를 바라보고 있을 뿐이었다.

"저희와 비슷한 말, 비슷한 이유로 영주님을 찾아온 자들이 많다는 것을 알고 있습니다. 하지만 저희는 자신 있습니다. 효과가 없으면, 제 목을 내놓겠습니다."

나는 좀 더 강하게 어필했다.

"목을 내놓겠다? 네 목을 어디다 쓰라는 것이냐?"

"쓰실 일은 없을 것입니다. 이 약에 만족하실 테니까요."

"어떻게 네 말을 믿지?"

"직접 보여드릴 수 있습니다."

"제가 증명해 드리겠습니다!"

내 말이 끝나기가 무섭게 카터가 앞으로 한 걸음 나섰다. 그리고 당당하게 허리를 올곧게 편 채, 아랫도리를 살짝 앞으로 쭉 내밀었다.

"…지금 내게 뭘 보여주려는 것이냐?"

"약의 효능입니다. 백 번 말씀드리는 것보다 한 번 보여드리는 것이 더 빠르지 않겠습니까?"

"허어……."

아주 차분하게, 그리고 요점을 담아 또박또박 말을 이어가자, 의심 어린 눈초리로 일관하던 토키 백작의 눈빛에서 변화가 일어났다.

"결례가 되지 않는다면, 영주님께서 허락만 하신다면 직접 보여드리겠습니다. 이 친구가 모든 것을 증명할 수 있습니다."

"원하신다면 짐승이든 뭐든 가리지 않고 제 힘을 확실하게 써 보이겠습니다. 약효를 증명할 수 있다면, 무엇이든 상관없습니다!"

나와 카터가 힘을 주어 말했다.

특히 카터는 녀석 특유의 자신감에 찬 우렁찬 목소리로 준비한 멘트를 이었다.

카터의 힘 있는 목소리는 듣는 사람으로 하여금 마음을 동하게 하는 부분이 분명히 있었다.

"약효를 증명한다. 네 물건을 내게 보여주기라도 하겠다는 말이냐?"

"그렇습니다."

"하하하하, 내가 웬만해선 잘 안 웃는 편인데, 네놈들 정말 당돌한 놈들이로구나."

토키 백작이 웃음을 터뜨렸다. 나는 그의 웃음이 매우 긍정적인 신호라는 것을 잘 알고 있다. 그는 매우 합리적인 사람이었다.

이유 없이 악행을 일삼는 악인도 아니었고 감정 하나 없는 냉혈한도 아니었다. 단, 영주이기에, 그렇기에 자신의 체면과 위신을 세우는 것에 관심이 많을 뿐이다.

결국 그도 한 사람의 남자이고 누군가의 남편이며, 아버지였다.

"그럼."

토키 백작이 짧게 말을 끊는다. 그 사이 아주 잠깐의 망설임이 보이고 다시 그가 결심한 듯 말을 잇는다.

"증명해 봐라. 네 녀석들이 말하는 방법으로. 결례라고 생각하지 않아도 좋으니 말이다."

토키 백작의 허락이 떨어졌다. 나는 정중하게 고개를 숙여 감사의 인사를 올리고는 토키 백작과 정면으로 마주볼 수 있는 위치로 카터를 살짝 이동시켰다.

그리고 준비해 온 키아그라 포션의 마개를 열었다.

약간의 향초를 넣은 키아그라 포션에서는 달달한 향기가 났다.

"카터."

"응."

꿀꺽꿀꺽.

내가 키아그라를 건네자, 카터가 망설임 없이 병 안을 가득 채우고 있던 액체를 단숨에 들이켰다.

크으, 하고 카터가 뱉어내는 소리가 이 조용한 공간에서 세 남자가 모여 황당한 광경을 마주할 신호탄 역할을 하는 것만 같다.

카터는 조용히 두 눈을 감은 채, 토키 백작 쪽으로 자신의 몸을 향했다.

그리고 나는 아주 조심스럽게 녀석의 바지 허리춤을 꽉 붙잡은 뒤, 입고 있던 속옷과 더불어 녀석의 바지를 신속하게 발목까지 잡아 내렸다.

휙!

"……."

"……."

카터의 하체가 드러나고 이를 지켜보고 있던 토키 백작의 시야에 자연스럽게 녀석의 물건도 들어갔을 터다. 토키 백작도, 나도, 카터도, 아무 말도 없었다.

지금은 그 어떤 말도 도움이 되지 않는다. 오로지 약효, 그것 하나에 집중할 수 있는 여건을 조성할 필요가 있었다.

나는 카터의 바지와 속옷을 시원하게 내린 뒤, 회의실에서도 가장 어두운 쪽으로 조용히 사라졌다.

　카터는 두 눈을 감은 채 약효가 온몸으로 퍼져 나가기를 기다리고 있었고, 토키 백작은 묵묵히 아주 진지한 표정으로… 카터의 아랫도리를 유심히 살펴보고 있었다.

　마치 귀한 보물을 보기라도 하는 것처럼.

7장

확실한 첫 단추

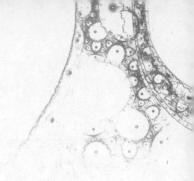

"후우."

카터가 두 눈을 감고 얼굴을 하늘을 향해 치켜든 채, 깊은 숨을 몰아쉬고 있었다. 머릿속에서 어떤 상상을 하고 있을까. 아마 아무 생각도 하고 싶지 않을 것이다.

지금 나와 카터가 보여주고 있는 모습은 모두 약속된 행보였다. 즉흥적이거나, 계획에 없던 건 아니다.

나는 어둠 속에서 묵묵히 카터의 아랫도리를 지켜보고 있었다. 곧 반응이 올라올 것이다. 키아그라는 긴장을 하고 있다고 해서 약효가 쉬이 사그라지는 약초는 아니었다. 그래서 더 많은 사람들의 관심을 받게 된다.

"……."

토키 백작의 시선 역시 나와 같은 곳에 고정되어 있다. 귀족인 그가 평민인 카터를, 그것도 인체의 은밀한 부위를 지켜보고 있다는 것이 결코 평범한 광경은 아니다. 하지만 서로의 필요에 부합되는 상황이 되니, 아주 자연스러운 광경이 되었다.

"하."

그렇게 약 30초 정도의 시간이 흐르고. 드디어 카터의 몸에서 반응이 오기 시작했다.

반응은 빠르게 온다. 다만 10분 전에 마셔야 하는 이유는 그때를 즈음해서 최대치에 이르게 되기 때문이다. 보통의 부부 관계가 소위 말하는 전희 단계에 들어가는 시간이 있는 만큼, 10분 전에 마셔두면 본 과정에 돌입할 때 맞춰 가장 최상의 상태를 유지할 수 있는 것이다.

"이 상태로 얼마나 유지를 할 수 있지?"

"한 시간 정도 됩니다. 개인마다 편차는 있지만, 일반적으로는 그렇습니다."

흥미롭게 카터의 물건을 지켜보고 있던 토키 백작이 내게 물었다.

"아무리 젊다고 해도 의도적으로 그렇게 유지하는 건 쉬운 일이 아닐 텐데. 지켜보면 답이 나오겠군."

"그렇습니다."

"그럼 지켜보도록 하지."

잠깐의 대화가 오고 가고 다시 별채에는 적막이 감돌았다. 회의실 안, 탁자를 밝히고 있는 촛불만이 유일한 조명이었다. 으슥한 어둠 속에서 우리 셋은 아무 말 없이, 서로에게 주어진 시간들을 보내고 있었다.

*　　　*　　　*

"허……."

시간은 그렇게 40분이 흘렀다. 카터는 아예 서 있는 상태로 잠이 든 것 같았다. 어느 순간인가 카터는 마치 동상이 되어버린 것처럼 뻣뻣하게 서 있었다.

아랫도리는 건재했다. 아주 잠깐도 사그라진 적 없이 완벽했다. 이것이 키아그라의 효능인 것이다. 토키 백작은 시간이 어느 정도 지났다는 것을 알게 되자, 자신도 모르게 깊은 탄성을 터뜨렸다.

"정말 오래 가는군. 이게 내게 효과가 있을 것이라고 장담할 수 있나?"

"물론입니다. 영주님이 여성이 아니시라면 말입니다."

"흥미롭군, 아주 흥미로워. 자네 이름이 뭐라고 했지?"

"레논입니다."

"저는 카터입니다."

나와 카터가 동시에 이름을 소개했다. 카터는 여전히 자세 하나 변하지 않은 채, 입만 뻥긋거리며 자신을 소개했다. 두 눈을 질끈 감고 40분을 버텨온 카터에게선 비장함마저 느껴졌다.

"지금 이 사실들은 매우 민감한 것들이기도 해. 내가 이런 것에 관심을 가진다는 것만으로도 많은 이들의 가십 거리가 되기에 충분하지. 하지만 나는 이미 많은 사람들이 내 문제에 대해 이러쿵저러쿵 말을 많이 한다는 것을 알고 있다. 그렇다고 해도 이 약이 내 문제에 대한 확실한 해답이 될 수 있다면 너희들은 아주 큰 보상을 받을 것이다. 그 동안 나를 둘러싼 소문들에 대한 부끄러움을 충분히 덮어낼 수 있는 결과가 내게 주어질 테니까."

토키 백작은 그제야 속마음을 털어냈다. 자신의 문제를 인정한 것이다. 즉, 본론으로 들어가자는 이야기였다.

"더 확인하시고 싶으시면 얼마든지 확인하셔도 됩니다."

"아니, 이 정도면 충분한 것 같군. 아무리 젊은 혈기라고 해도 이렇게 오랫동안 서 있는 것은 불가능한 일이야. 하물며 자극이 될 만한 여인도 곁에 없잖나. 상상만으로도 한계가 있다는 것은 나도 젊었을 때 경험해 봤으니 잘 알고 있지."

"약은 거짓말을 하지 않을 겁니다."

나는 확신에 찬 목소리로 말했다. 말 그대로다. 약은 거짓말을 하지 않고 카터는 진실을 보여주었다.

"일단 카터, 이제 속옷과 바지를 좀 입도록. 볼 만큼 충분히 봤으니 말이야."

"예, 영주님. 감사합니다."

토키 백작의 지시에 카터가 그제야 주섬주섬 옷을 챙겨 입었다. 바지를 입어도 불룩하게 나온 앞섶은 여전했다.

카터는 두어 걸음 뒤로 물러선 뒤, 살짝 고개를 숙이고 토키 백작이 말을 이어가길 기다렸다. 나는 회의실 안의 어두운 공간에서 살짝 빠져나와, 카터의 옆에 섰다.

"한 병에 한 시간 정도의 약효라. 그리고 확실하게 서는 효과가 있다, 이것이 핵심이겠지?"

"예, 그렇습니다."

토키 백작은 필요 이상의 확인까지는 하려고 하지 않았다. 내가 카터에게 만약을 대비해 말해놓은 경우의 수 중에는 토키 백작이 부른 하녀나 노예 여성과 관계를 맺을 가능성도 있었다. 충분히 그런 부분까지 호기심을 채워보려 할 수도 있기 때문이다.

그래서 카터의 약속도 받아두었다. 녀석도 동의했다. 다만 만약 그런 일이 생기게 되면, 자신의 부인에게는 꼭 비밀로 해달라고 했다.

세상 어떤 여자도 자신의 남편이 다른 여자와 일적으로든, 혹은 어쩔 수 없는 상황이었든 관계를 맺었다는 것을 알고 싶어 할리는 없으니까.

하지만 워낙에 오랜 기간을 발기 부전으로 고생했던 토키 백작은 이 약이 가장 기본적인 문제를 해결해 줄 수 있다는 사실에 매력을 느낀 것 같았다. 이미 그가 카터의 물건을 오랜 기간 관찰한 사실만으로도 파격적이었다. 누가 들어도 파격적이고 한편으로는 웃긴 상황이라고도 생각할 것이다.

토키 백작은 젊은 혈기와는 별개로 약효가 확실하다는 것을 느낀 것 같았다. 그렇다면 남은 것은 본인이 직접 확인하는 일뿐이다.

"남은 건 두 병인가?"

"예, 전부 드릴 수 있습니다."

"체험용 샘플이다, 이거로군."

"영주님께 드리는 선물이기도 합니다. 아무런 대가도 바라지 않습니다."

"두 사람, 바로 돌아가야 하는 게 아니라면 잠시 별채에 머무는 건 어떻겠나? 빠르면 자정, 늦어도 새벽이면 다시 만날 일이 있을 것 같은데. 그때 죄를 묻든 공을 묻든 해야 하지 않겠나?"

토키 백작의 결정은 빨랐다. 오늘 약효를 테스트해 보겠다는 것이다. 어차피 대저택에 살고 있는 토키 백작의 처첩들은 많았다. 지금 당장에라도 백작이 찾아가면 얼마든지 잠자리를 할 부인들이 널려 있는 것이다.

"영주님께서만 허락하신다면 저희는 어디서든 기다리겠습니다."

"괜찮습니다!"

나와 카터가 시간 차를 두고 답했다. 그러자 토키 백작이 만족스럽게 고개를 끄덕이며 일어섰다. 나는 조심스럽게 두어 걸음 앞으로 걸어 나가서는 키아그라 포션 두 병을 건넸다. 토키 백작은 기대에 찬 눈빛으로 유리병 속의 내용물을 살핀 뒤, 양손에 사이좋게 들고는 회의실 문 앞으로 향했다.

"사람을 보내 편하게 쉬고 있을 수 있도록 하지. 부디 효과가 있길 바라지."

"실망시킬 일은 없을 겁니다."

"믿어보지."

나는 다시 한 번 토키 백작에게 확신을 심어주었다. 그는 빠른 걸음으로 저택의 어디론가 사라졌다.

이미 해가 지고 어두워진 저녁이었다. 거사를 치르기에 조금 이른 시간이긴 하지만, 그렇다고 못할 것도 없었다. 한낮에도 눈만 맞으면 사랑을 나누는 것이 남녀 아니던가. 하물며 오랜 기간 고민과 스트레스를 동시에 겪었던 토키 백작이라면 당장에라도 효과를 보고 싶을 터였다.

토키 백작이 나가고 나자, 집사로 보이는 사람 하나가 찾아와 저녁 식사를 챙겨주고 우리가 편하게 쉴 수 있도록 별채 안에 있는 응접실로 안내했다.

말이 응접실이지 사실상 침실에 더 가까웠는데, 덕분에 나와 카터는 푹신한 침대가 있는 공간에서 편하게 누워 있을 수 있었다.

"레논."

"응?"

"나… 잘한 것 맞냐. 제대로 섰냐? 아니, 우리 이래도 되는 거 맞지, 그렇지? 엄청난 실수한 거 아니지?"

카터는 안도의 한숨을 내쉬면서도 한편으론 걱정하는 눈치였다. 이건 어디 가서 무용담으로 털어놓기에도 민망한 이야기였다. 나 영주님 앞에서 아랫도리 깠다! 라고 말한다면 자랑거리보다는 웃음거리가 되기 쉽지 않겠는가.

물론 카터와 내가 차릴 상단이 성장에 성장을 거듭, 제국의 일부를 차지할 거대 상단으로서 자리하게 된다면 그때는 과거를 추억할 무용담이 될 수 있을지도 모르겠다.

　"아주 잘했어. 네가 이번 일을 아주 긍정적인 방향으로 끌고 가줬어. 좋은 소식이 있을 거다. 네 공이 크다."

　나는 카터에게 칭찬을 아끼지 않았다. 녀석이니까 내가 계획했던 이런 일들도 스스럼없이 해낼 수 있었던 것이다. 세상의 어느 누가 생면부지의 남에게 자신의 아랫도리를 훌러덩 까놓기를 원하겠는가. 카터니까 가능한 일이었다.

　"그러면… 이제 남은 건 뭐지?"

　"키아그라에 관심을 갖게 된다면 팔아야겠지. 영주는, 아니 영주님은 좋은 고객이자, 동시에 좋은 홍보 수단이 되어줄 거야. 카터, 네게는 누구보다도 물건을 잘 팔 수 있는 입담과 넉살이 있고 내게는 키아그라를 제조할 방법이 머릿속에 들어 있지. 난 영지 내의 독점 판매권을 약속받을 거야. 그 대신 모든 판매 내역을 공개하고 독점세를 내는 거지. 한마디로 깨끗한 장사를 하되, 그 대가로 그 누구도 침범할 수 없는 권리를 부여받을 거라고."

　카터의 물음에 나는 계획하고 생각해 둔 이야기를 거침없이 털어냈다.

　상공업 위주의 정책을 펼치는 토키 백작은 독점 판매권

이라는 권리를 팔고 있었다. 현대 시대를 배경으로 따지자면 일종의 특허권과도 같은 것인데, 독점 판매권을 인정함으로써 다른 유사 제품이 팔릴 수 없도록 영지법으로 보장을 해주는 것이다.

물론 공짜는 아니었다. 순수익의 15%에서 20% 사이의 금액을 세금으로 꼬박꼬박 내야 했고 판매 내역 역시 투명하게 공개가 되어야 했다.

현대나 이 세계나 탈세는 아주 오래된 골칫거리라 머리 좀 굴린다는 상인들이면 심심찮게 탈세를 했다. 그래서 독점 판매권에 대한 대가로 감사원을 붙여 판매 내역을 빠짐없이 체크하고 이에 대한 순수익에서 일정 비율을 떼낸 금액을 원천징수했다.

대부분의 상인들이 이런 독점 세율을 불합리하다 여겨 독점 판매권에 관심을 가지지 않았지만, 난 애초부터 이것을 염두에 두고 있었다.

토키 백작은 단순히 키아그라의 고객이 아니었다. 앞으로 레논─카터 상단의 든든한 후원자가 되어줄 사람이자, 독점 판매권을 우리에게 넘김으로써 많은 양의 세금을 거둘 영주이기도 했다. 즉, 선순환이 되어 오히려 우리의 뒤를 확실하게 봐줄 사람이 된다는 것이다.

젖과 꿀이 흐르게 될 키아그라 판매 사업에 밥숟가락을

쉽게 얹은 꼴이니 말이다. 특히나 자신의 영지에 연고를 둔 상단이 커져 간다는 것은 장기적으로 더 많은 세금을 해당 상단으로부터 얻을 수 있음을 의미하는 것이기도 했다. 토키 백작에게도 무조건 남는 장사였다.

나는 토키 백작이 남의 뒤통수를 치는 사람이 아니라는 것을 잘 알고 있다. 그는 상공업 위주의 정책을 펼치는 영주답게 매우 합리적인 사람이다. 그는 자신에게 이익이 되는 세력에게는 확실하게 힘을 실어준다. 때로는 과하다 싶을 정도로.

나와 카터는 그의 전폭적인 지원을 받게 될 것이다.

시간은 빠르게 흘렀다.

카터는 긴장을 많이 했던 탓인지 침대에 누웠다가 어느새 잠이 들었다. 나는 향후 3개월가량으로 예상되는 사업에 대한 집중 구상과 함께, 마법 연성법에 대한 기억들을 다시금 되새겼다.

앞으로 세 달 정도의 시간이 지나면 나를 괴롭혔던 신체적인 문제들에 대해서는 거의 해결이 될 것 같았다. 그리고 눈을 뜨던 그 순간부터 준비해 온 마나 로드와 마나 홀에 대한 연성법도 1차적인 마무리가 될 것 같았다. 즉, 그 이후에 체내에서 일어날 마법적인 변화를 감당할 준비가 될 것 같다는 뜻이다.

돈을 벌기 위해서 100번의 삶을 반복했던 것은 아니다. 돈은 나보다 카터가 더 능숙하게, 자신의 만개한 능력을 토대로 술술 벌어올 것이다.

내게 중요한 것은 역시 힘이었다. 다만 아직은 그 변화를 감당하기에는 내 몸이 완전치 못하고 돈이 부족할 뿐이다. 필요조건들이 갖춰지고 나면, 나는 미련 없이 마을을 떠날 생각이었다.

키리아트 마을은 내 고향이지만 내가 활약할 무대는 작은 마을이 아니었다.

대영지, 제국, 대륙, 더 나아가 인간과 수많은 종족이 공존하고 있는 중간계, 이 세계 전체가 곧 나의 무대였다.

그렇게 얼마의 시간이 더 흘렀을까?

느낌상으로 새벽 2시를 막 넘겼을 것 같은 시간, 조용하던 별채로 한 사람이 찾아왔다. 집사였다.

그리고 그는 아주 또렷한 목소리로 나와 카터에게 중요한 용건을 전달했다.

"영주님께서 너희 두 사람을 찾으신다. 요 근래 이토록 즐거워하시는 모습을 본 적이 없는데, 아주 마음에 드는 선물을 가져다드린 모양이구나."

마음에 드는 정도일까? 세상을 다시 사는 기분일 것이다. 오랜 기간 자신을 떠나 있었던 남성성을 되찾는 기분일 테니까.

내가 사랑하는 여자를 보기만 하는 것과 보기도 하고 품에도 안을 수 있는 것은 하늘과 땅 차이인 것이다. 하물며 후사에 대한 골머리를 썩이고 있던 토키 백작에게는 한 줄기 빛과도 같은 경험일 터였다.

*　　*　　*

우리가 토키 백작을 다시 만난 것은 수련장 한편에 있는 쉼터에서였다. 집사를 따라 쉼터로 가니, 토키 백작이 새벽 공기의 개운함을 만끽하며 세상을 다 가진 듯한 흐뭇한 표정으로 의자에 앉아 있었다.

시간은 이미 새벽이었고 경비병들은 모두 저택 외곽의 경계 근무를 서고 있었다. 내부에도 경비병들이 있긴 했지만 쉼터 쪽에는 없었다. 안전 지역이기 때문이다.

"그럼 저는 잠시……."

"그렇게 하게."

"예."

집사가 눈치껏 자리를 피했다. 토키 백작의 가정사에 관련된 실무들을 담당하고 그를 곁에서 보좌해 주는 사람이니 토키 백작의 눈빛만 봐도 그 뜻을 아는 듯했다.

집사가 충분히 먼 거리로 물러나고 나서야, 토키 백작은 하아, 하고 오랜 체증을 털어내는 듯한 한숨을 내쉬었다. 그의 얼굴에는 미소가 가득했다.

"후아……! 실로 이런 느낌은 오랜만이로군."

나와 카터는 아무런 대답도 하지 않았다. 그가 다시 한 번 키아그라의 효과에 대해 되짚어볼 시간을 주고 싶었다.

"지금껏 나는 음으로 양으로 많은 약을 먹어 왔다. 하지만 전부 다 스태미나 증진에는 도움이 될지 몰라도, 내 본질적인 문제를 해결해 줄 수는 없는 것들이었어. 하지만 너희들이 가져온 이 약은… 나의 오랜 근심을 한 방에 해결해 주었다. 그것도 아주 짧은 시간에 말이다. 물론 약효가 끝나니 자연스레 원래대로 돌아갔지만, 어차피 1년 365일 24시간 필요한 약은 아니니까 상관없지 않겠느냐?"

"그렇습니다. 영주님께서 만족하셨다니 정말 다행입니다. 저희들의 큰 행복입니다. 정말 괜찮으셨습니까?"

나 역시 토키 백작처럼 입가에 미소를 머금은 채로 되물었다.

사람은 자신과 같은 표정과 감정으로 공감해 주는 사람의 말에 더 집중하게 된다. 슬플 때는 함께 슬퍼하고 기뻐

할 때는 함께 기뻐하는 사람. 그런 사람에게 더 많은 유대감과 친밀감을 느끼게 되는 것이다.

"자세한 설명을 생략하더라도, 지금 내 모습이 충분히 너희들에게 답이 될 것 같은데."

"축하드립니다! 곧 좋은 소식을 들으실 수 있을 겁니다!"

카터가 넙죽 절을 올렸다. 이건 나와의 사전 약속에는 없는 행동이었지만, 시기적절한 한 수였다. 역시 카터는 넉살이 좋다.

"너희들이 어떻게 나의 문제에 대해 자세하게 알게 되었고 이 약을 어떻게 만들게 되었는지에 대해서는 묻지 않겠다. 단, 이것은 약속을 받아야겠다. 충분한 가격을 쳐줄 테니 앞으로 이 약을 내게 팔도록 해라. 장기간 말이다."

젊었을 적의 토키 백작은 성욕만 놓고 보면, 제국에서 둘째가라면 서러울 정도로 잠자리를 즐겼던 사람이었다. 본인이 비록 지속 시간이나 능력이 부족해서 긴 시간을 즐길 수는 없었어도 남자 본연의 욕구에 매우 충실했고 그래서 처첩들이 꽤 많았다.

수만 놓고 보면 황족 저리가라 할 정도였으니까.

다시 젊음을 되찾은 기분일 테니, 하루가 멀다 하고 처첩들과 함께 뜨거운 밤을 보내고 싶을 것이다.

처첩이 열다섯 명은 된다고 하니 하룻밤에 한 명이라고

해도 보름이 지나야 모든 부인들과 하루를 보내게 되는 셈이었다.

산술적으로도 그러면 키아그라가 15병은 필요하다. 더 하기를 원한다면 그 두 배, 세 배가 필요할 것이고.

분위기는 무르익었다. 지금 이 상황에서는 부르는 게 값이다. 토키 백작 스스로가 가치를 매긴다 하더라도 수십 년의 고통을 한 방에 해결해 준 약이기 때문이다.

"영주님, 감히 드릴 말씀이 있습니다."

"감히 드릴 말씀이라……? 네 눈빛이 예사롭지 않구나. 처음부터 그런 느낌을 받았지만."

내가 적극적으로 대화를 시작할 준비를 해나가자, 토키 백작에 호기심에 찬 눈빛으로 나를 바라보았다.

카터의 우직함과 달리, 내게서는 어떤 계산적인 면모를 느꼈을 것이다. 그것이 내가 바라던 바이기도 했다.

이런 사람들은 평범한 사람들에 대해서는 관심이 없다. 워낙에 많이 볼 수 있는 사람들이니까. 그래서 뭔가 남들과는 다르고 특별한 기운이 풍기는 사람에게 호기심을 갖는다. 그것이 나였다.

"이 약의 이름은 키아그라라고 합니다. 앞으로 저희들이 판매하게 될 제품의 이름이기도 합니다."

"키아그라. 괜찮은 어감이구나. 키아그라……."

토키 백작이 단어를 곱씹는다.

"저희에게 이 키아그라의 독점 판매권을 주십시오. 영지 법에 따른 감사 절차와 수익 내역은 투명하게 공개하겠습니다. 그리고 키아그라를 매월 15병씩 영주님에게 무상으로 공급하겠습니다. 원하신다면 샘플을 좀 더 드릴 수도 있습니다."

"독점 판매권을 달라. 이 약에 큰 확신을 가지고 있는 모양이구나."

"그렇습니다."

"어느 상단을 운영하고 있느냐?"

"이제 곧 상단을 차릴 예정입니다. 영주님께서 독점 판매권을 저희들에게 주시는 대로 말입니다."

"하하하하! 네놈들 아주, 정말 당돌한 놈들이로구나! 그렇게 자신이 있느냐?"

"물론입니다!"

토키 백작의 물음에 카터가 소리쳤다. 녀석은 나보다 더 확신에 찬 목소리로 토키 백작의 마음을 흔들어 놓고 있었다.

"상업성이 충분히 있다고 보느냐?"

토키 백작이 물었다. 그가 내게 상업성을 묻는 이유는 간단하다. 독점 판매권을 준다는 것은 곧 다른 유사 제품의 판매를 막는 것을 의미하고 그 유사 제품으로부터의 세금이 사라짐을 의미했다.

그래서 토키 백작은 모든 물건에 독점 판매권을 주지는 않았다. 누가 어떻게 만드냐에 따라서 맛이 달라지는 빵이나 술 등이 대표적이었다.

"키아그라의 제조법은 저희들밖에 알지 못합니다. 아마 영주님께서도 전문가들을 동원하여 방법을 알아내려 하신다고 해도 쉽지 않으실 겁니다. 오랜 기간이 필요하겠죠."

나는 단언하듯 말했다. 빨라야 3개월이다. 발상의 전환은 생각보다 쉬운 일이 아니다. 유능한 약초꾼이나 약재상들도 잡초와 거의 똑같이 생긴 키아그라스가 정력제가 될 것이라고는 생각하지 못할 것이다.

"자신감이 확실하구나."

"이미 영주님께서 직접 효과를 체험해 보셨기 때문입니다. 사람의 입은 거짓말을 할 수 있지만, 약은 거짓말을 하지 못하지요."

"너희들의 자신감이 충분히 공감이 되는구나. 당장에 이약, 키아그라의 존재만 알게 되더라도 필요로 할 귀족들은 널리고 널렸지. 비단 귀족들뿐이겠느냐? 남자라면 누구나 관심을 가질 것이다."

"제가 드리고 싶은 말입니다. 영주님에게도 절대 손해 보는 장사가 아닐 것이라 생각합니다."

토키 백작은 내가 하고 싶었던 말을 직접 자신의 입으로 뱉어냈다. 그는 영주이자 귀족이며 실력 있는 검사였지만, 한편으로는 수에 밝은 사람이기도 했다.

생각에 잠긴 듯, 토키 백작은 우리의 등 뒤로 보이는 먼 산을 바라보며 잠시 아무 말도 잇지 않았다. 나와 카터는 조용히 그의 답을 기다렸다.

그리고 얼마 지나지 않아 토키 백작의 말문이 다시 열렸다.

"좋다. 오늘 중으로 검토를 끝내고 필요한 절차를 밟도록 하지. 한데 너희 둘만으로 되겠느냐? 상단을 운영할 비용이나 등록할 비용은 마련할 수 있겠느냐?"

"운영비는 판매를 시작하면서 충당을 할 것이고 등록비를 마련하는 것은 가능합니다."

나는 사실대로 말했다. 운영비라는 것은 사실 대부분이 인건비라 사람을 적게 쓰면 그만큼 나가는 돈은 적었다. 이건 점차적으로 상단의 규모를 키우고 돈이 벌리기 시작하면 그때 인원을 늘려도 문제없었다.

등록비는 그 동안 바톤 제과점에 납품해온 미니 포션의 수익금으로 마련할 수 있었다. 정식으로 상단 등록이 되어야 독점 판매권 교섭이 가능하기 때문에, 토키 백작이 확인하기 위해 던진 질문은 적절했다.

"좋아, 너희들이 내게 무상으로 매월 키아그라를 공급하겠다는 기특한 마음을 보였으니 나도 마음을 쓰도록 하마. 등록 절차에 들어가는 모든 비용을 내가 부담하고 1개월간 상단의 세력 확장 및 체계 구축에 필요한 비용을 합리적인 선에서 부담하마. 내게 필요한 비용과 그 이유, 내용을 정리한 보고서를 제출하면 타당성을 검토하여 지원해 줄 것이다. 나중에 말을 바꾸거나 쥐꼬리만 한 지원을 해줄 생각은 아니니, 그 점은 걱정하지 않아도 된다."

"가, 가, 감사합니다!"

카터는 숫제 엎드렸다는 것이 맞을 정도로 아예 지면에 코를 박아가며 연신 인사를 올렸다. 카터에게 있어서 이런 토키 백작의 말들은 그야말로 크나큰 영광이었다. 평생의 훈장이라 해도 될 정도였다.

물론 내게는 큰 감흥이 되지는 않는다. 수많은 반복이 있었으니까. 하지만 분명 토키 백작의 발언은 매우 파격적인 것이었고 동시에 우리의 장래성을 높이 평가해 준 것이기도 했다.

"영주님을 실망시켜 드리지 않겠습니다. 저희 상단이 영주님의 든든한 후원자가 되는 그날까지, 그 어떤 노력도 아끼지 않겠습니다."

나는 차분한 목소리로 토키 백작에게 감사 인사를 건넸다. 이후의 교섭 절차는 매우 형식적인 것이었다. 영주의 승인이 떨어졌으니, 실무자와의 면담은 그저 겉치레에 불과할 뿐이다.

"자네."

"예?"

"자네가 레논이라고 했지?"

토키 백작이 다시금 내 이름을 물었다.

"예, 그렇습니다."

나는 다시 한 번 인사를 올렸다.

"내 선택이 옳았다는 것을 확실하게 증명해 봐라, 레논."

"물론입니다. 3개월이면 됩니다. 3개월만 주십시오. 많은 것이 달라질 겁니다."

나는 손가락 세 개를 자신 있게 펴보였다. 토키 백작은 조용히 고개를 끄덕였다. 이렇게 거래는 성립됐다.

승부수가 통한 것이다.

이제 많은 것이 달라지게 될 것이다.

나도, 그리고 카터도.

더 나아가 내 가족과 카터의 가족들이 마주하게 될 삶도 급변하게 될 터다.

그날 이후.

나의 첫 번째 계획이자, 세상으로 나아가기 위한 첫 발판의 역할을 하게 될 키아그라 사업이 시작됐다.

그리고… 시간은 쏜살같이 지나, 3개월이 흘렀다.

8장

마을을 떠나다

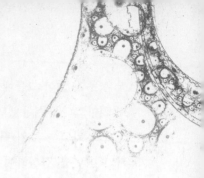

대유행.

이 말로 모든 것이 표현됐다.

영지에서 시작된 키아그라 열풍은 폭발적이었다. 현대의 정보화 시대가 아닌 만큼 영지 밖으로 입소문이 퍼지기까지는 시간이 다소 걸렸지만, 시간이 지날수록 키아그라에 대한 유명세는 꼬리에 꼬리를 물고 뻗어나갔다.

토키 백작은 우리의 든든한 후원자이자, 광고자의 역할도 해주었다. 그와 비슷한 나이 대의 귀족 지인 중에는 비슷한 문제로 골머리를 썩고 있는 사람들이 많았다. 토키 백작은 주저 없이 그들에게 키아그라를 추천했고 반신반의하며 키아그라를 복용했던 귀족들은 모두 효과를 봤다.

나와 카터는 토키 백작을 만났던 그날 이후부터 레논—카터 상단을 결성하여 키아그라를 판매했고, 지금은 영지 내에서 상당한 지분을 차지하고 있는 상단으로 성장해 있었다. 상단에 상주 중인 인원도 꽤 됐다.

나는 키아그라 제작 외의 모든 전권을 카터에게 넘겼다. 수익 분배는 5:5 구조로 되어 있었고 카터는 매월 전월의 매출을 갱신하며 눈부신 발전을 이루어냈다. 역시 녀석은 약초꾼보다는 장사꾼 체질이었다. 열일곱밖에 되지 않는 젊은 나이였지만, 공격적이고 적극적으로 상단의 세를 확장시켜 나갔고 이에는 거침이 없었다.

물론 카터가 상단 운영 전면에서 능숙하게 일을 처리 하기 위해 옆에서 내가 끊임없이 주입한 '특별 교육'도 크게 한몫을 했다.

그렇게 카터가 하고자 하는 것들을 확실하게 밀어주고 가르쳐 주자, 녀석은 그 믿음에 보답을 했다.

우리의 주력 사업은 여전히 키아그라 판매였지만, 그 와중에 카터가 손을 댄 몇 가지 제품 판매에서도 큰 수익을 거뒀다.

카터는 고맙게도 자신의 노력과 고생으로 발생한 수입에

대해서도 내게 철저하게 5:5 분배를 지켰다. 나는 키아그라 판매에 대해서만 수익을 보장해 주면 상관없다고 했지만, 카터는 자신을 발판을 마련해 준 내게 그럴 수는 없다고 했다.

하나부터 열까지 기특한 녀석이었다. 매월 말일이 되면 나에게 그동안 세밀하게 기록해 둔 판매 장부를 하나하나 살피며 발생한 수익들을 알려주었다. 그리고 그 자리에서 수익의 절반에 해당하는 만큼의 금괴를 그대로 건네주었다.

카터의 비상은 이제부터 시작이었다. 당분간 카터의 앞길을 막는 자들은 없을 것이다.

카터의 나이가 어리기 때문에 얕보는 것도 한몫하겠지만, 키아그라 판매가 다른 상단이 손을 댈 수 없을 정도로 대유행의 시기를 보내게 되기 때문이다.

물론 각지에서 우후죽순처럼 유사 제품이 등장하기 시작했다. 영지 내에서는 독점권에 묶여 유사 제품을 만드는 순간 철창신세를 지게 되겠지만, 영지 외에서는 아니었다. 하지만 사람들은 유사 제품에는 관심이 없었다.

이유는 간단했다. 정품, 그러니까 우리 상단의 키아그라의 효과가 확실했기 때문이다. 그리고 우리는 영주 토키 백작에게 소속된 마법사의 도움을 받아 키아그라가 담긴 유리병에 정품 인증을 위한 작은 마법진을 세공했다. 쉽게 위조할 수 없는 것이었다.

때문에 정품 구입은 영지 안에서밖에 할 수 없었고 영지 외에서 판매되는 키아그라들은 전부 가짜라는 것을 너무 쉽게 알 수 있었다. 마법진 세공이 없거나, 조잡한 위조였기 때문이다.

덕분에 지역 상권도 크게 발전했다. 숙박업, 주류업 등이 호황을 이루기 시작했다. 키아그라를 살 생각으로 방문하는 고객이나 중간 상인들이 머물고 가면서 쓰고 가는 돈이 상당했고 그것은 고스란히 영지 세금의 일부이자, 수입이 됐다.

나와 카터는 좀 더 머리를 썼다. 키아그라의 효능을 약간 더 강화시켜, 프리미엄이라는 이름을 단 귀족 전용의 제품을 출시했던 것이다. 그리고 약효는 다소 떨어지지만, 평민 신분의 사람들도 부담 없이 구매할 수 있는 제품 역시 출시했다.

키아그라 구매를 원하는 귀족들의 대부분은 경제적인 여력이 충분한 사람들이었다.

프리미엄이라는 이름으로 고급화, 차별화를 하면서 가격을 좀 더 올려 받았지만 오히려 판매량은 더 급증했다. 일반 평민들은 쉽게 손에 넣을 수 없는 고급품을 먹는다는 자부심 같은 것이 있었다.

라이트한 형태로 출시한 저가형 제품도 효능이 부족한 것은 아니어서, 사용한 사람들 중에 불만을 가지는 사람은 없었다. 구매자나 판매자나 모두가 만족하는 흐름이었다.

내가 깨어난 지 6개월 째.

그리고 키아그라 판매를 시작한 지 정확히 3개월째가 되는 날, 나는 완벽하게 상단 운영의 전권을 카터에게 넘겼다. 키아그라 제작법 역시 카터에게 알려주었다.

이제부터 나는 떠나야 할 여정이 있었다. 언제 마을로 돌아올지 모르는 상황에서 제조 노하우를 나만 알고 있어서는 키아그라 제조가 이루어질 수 없었다.

카터는 내가 제조법을 알려주기보다는 떠나지 않고 곁에서 계속 지금처럼 키아그라를 만들어주길 원했지만, 나는 카터를 설득해 방법을 전수해 주었다.

마법 연성에 대한 것은 가족을 포함해 카터에게도 비밀로 했다. 언젠가 알려질 일이지만, 굳이 지금 알리고 싶지는 않았다.

평민, 그리고 마법사라는 단어의 조합은 절대 흔한 것이 아니다. 메디우스를 포함한 몇몇 평민 출신 마법사의 이름이 제국 마법 아카데미 교재 속에 수시로 등장하는 것이 그 증거였다. 그만큼 특별했고 주목을 받기에 좋았다.

사람들은 개천에서 용이 나길 바라지만, 세상사는 개천에서 난 용을 곱게 보지 않는다. 용을 원치 않았던 자, 기득권층은 끊임없이 그 용을 견제하고 혹은 용이 아닌 미꾸라지로 폄하되길 바란다. 그래야 자신들의 입지가 흔들리지 않기 때문이다.

난 자연스럽게 내 이름이 알려지기 전까지는 굳이 내 이름을 사서 알릴 만한 일은 하지 않을 생각이었다. 상단의 일도 마찬가지다. 내가 일선에서 물러나면서 상단의 이름은 우리 두 사람의 이름보다는 카터 상단으로 주로 불렸고 사람들은 나보다는 카터를 더 많이 기억했다.

내게 있어서는 바람직한 변화였다. 카터는 이런 흐름을 영 달갑지 않아 했다. 내 노력이 묻히는 것 같다면서.

하지만 난 상관없었다. 오히려 바라던 바였으니까.

*   *   *

"꼭 떠나야겠니? 세상은 정말 넓은 곳이야. 어떤 일이 생길지 알 수 없단다, 레논. 어미는 자꾸 그게 걱정이 되는구나. 혹시나 엄한 일을 네가 당하지는 않을까 하고."

"오빠, 정말 오빠가 말한 대로 다 이루어졌어. 오빠가 그랬잖아, 나랑 엄마가… 돈 걱정 안 하고 살게 해주겠다고.

그런데 정말 그렇게 됐어! 이제 오빠랑 맛있는 것도 많이 먹고 여기저기 놀러 다니려고 했는데… 꼭 가야 하는 거야?"

"응. 오빠에겐 지금이 가장 중요한 시간이야. 어머니, 걱정 마세요. 그리고 영원히 떠나는 것도 아니잖아요. 금방 돌아올 거예요. 마치 오랫동안 못 볼 것처럼 말씀하시니까 기분이 이상해요."

나는 걱정만 한가득인 어머니와 레니를 안심시켰다. 어머니와 레니는 내가 아직 완벽하지 않은 몸 상태를 좀 더 깊게 돌보기 위해 떠나는 것으로 알고 계신다. 즉, 예전의 병이 아직 다 낫지 않은 것으로 알고 있다는 뜻이다.

물론 그것은 사실이 아니다. 이제 병약했던 과거의 몸은 사라진 지 오래였다. 선천적으로 타고나지 못한 근골 때문에 혹독한 수련을 기반으로 해야 하는 검술을 익히기는 쉽지 않겠지만, 마법 연성에는 문제가 없었다.

검술도 마스터 급을 꿈꾸는 것만 아니라면, 수련 자체에는 이제 문제가 없는 몸이었다.

6개월 전과 비교를 해보면, 정말 하늘과 땅 차이다. 군살 하나 없는 몸, 그리고 여기저기 필요한 곳에 적당히 붙은 근육은 깔끔하게 챙겨 입은 옷맵시를 더욱 살려주고 있었다.

자화자찬이 되겠지만, 이 정도면 어느 귀족가의 자제라고 해도 무방할 정도의 외모다. 과거의 레논이 몸은 약했어도 얼굴은 타고난 녀석이었다. 그래서 아이린이 좋아하게 된 것인지도 모른다.

"정말 괜찮겠니?"

"예, 어머니. 저도 이제 성인이 다 되어가잖아요. 그리고 앞으로 더 큰일을 하려면, 하루라도 빨리 이 몸의 문제를 해결해야 합니다. 어디로 갈지, 무엇을 할지 모두 생각해 두었어요. 걱정하지 마세요. 그리고 레니, 어머니 잘 챙겨드려. 이제 돈 걱정 안 해도 되잖아, 먹고 싶은 것 마음껏 먹고 카터도 잘 챙겨줘. 알았지?"

"응! 알았어! 오빠, 빨리 돌아와야 해! 알았지?"

레니는 내 결정을 빠르게 받아들인 모습이었다. 사실 오래전부터 이 이야기를 해왔었다.

어느 날 갑자기 통보식으로 말만 던져 놓고 떠나는 건 내가 원치 않은 일이었고, 어머니와 레니에게 줄곧 마을을 떠날 것이라는 사실을 알려왔다.

그때만 해도 알겠다면서 걱정하지 않으셨던 어머니지만, 막상 아들이 마을을 떠나 당신도 모르는 곳으로 떠난다고 생각하니 걱정이 가득하신 모양이었다.

부모의 마음을 어찌 모를 수 있을까. 나 역시 긴 삶을 살면서 부모의 삶도 살아봤고 더 나아가서는 누군가의 할아버지가 되기도 했었다. 안심을 시켜도 걱정할 수밖에 없는 건, 자식을 둔 부모의 피할 수 없는 감정이기도 하다.

가족들이 먹고 사는 데에는 지장이 없을 것이다. 이미 충분한 돈이 있고 앞으로도 매월 발생하는 수익금은 카터가 착실히 어머니에게 전달해 줄 것이다.

어머니는 내가 몇 번이고 좀 더 좋은 집으로 옮기자고 했지만, 한사코 거절한 채 예전의 그 집에 살고 있었다.

옷도 반년 전과 비교해서 크게 달라진 것이 없었고 레니 역시 어머니를 따라 검소한 삶을 살았다. 그 대신 어머니는 영지 내에 있는 뱅크(Bank), 은행에 모든 금화를 맡겼다. 덕분에 그 금화들에 대한 이자는 매월 착실하게 붙고 있고 우리 가족의 삶은 앞으로도 걱정이 없다.

"잠깐, 잠깐만요!"

그때, 익숙한 목소리가 저 멀리서 들려왔다. 아이린이었다. 지난 3개월의 시간 동안 아이린과 나 사이에도 많은 일이 있었다.

보통 남녀 사이의 일이라면 남자가 여자를 쫓아다니고 적극적으로 구애를 하고 관심을 끌기 위해 했을 수많은 행동을 떠올리겠지만, 나는 정반대였다.

아이린은 끊임없이 내게 추파를 보냈다. 하지만 그렇다

고 적극적으로 대시를 하는 그런 수준까진 아니고 간접적으로 내게 호감 신호를 계속 보냈다.

현대의 말로 표현하자면 그린 라이트를 엄청 보냈다는 소리다.

하지만 나는 그런 아이린의 호감 신호들을 모두 무시했다. 알면서도 무시한 것이다.

그때마다 아이린이 낙담하고 안타까워하는 것도 느꼈다. 하지만… 아이린의 감정을 만족시켜 주기 위해 날 희생하고 싶은 생각은 없었다.

그래서 카터에게 에둘러 좋은 남자를 아이린에게 소개시켜 줄 것을 권하기도 했다. 실제로 아이린은 몇몇 남자를 만나봤다고 했다. 하지만 이미 내게 콩깍지가 씌인 아이린은 다른 남자들은 눈에 차지 않았는지, 단 한 번의 만남으로 인연을 칼 같이 끊어버렸다.

"아이린."

"레논 오빠, 오늘 떠나는 거예요?"

"응."

"꼭 떠나야 해요?"

"오래전부터 준비한 일이야. 떠나야지."

벌써부터 눈물이 그렁그렁 맺히고 있는 아이린이었지만, 나는 무심하게 말을 받았다.

과거에는 이런 아이린의 말과 행동, 그리고 감정 표현에 마음이 약해져 내 뜻을 접었던 적도 있었다.

사람이 때때로 다른 감정이 아닌 사랑에 이끌리는 것, 나쁘지 않다고 생각했다. 하지만 이제는 얘기가 다르다.

내게 있어 이번의 삶은 배수진과도 같았다. 무너지면 뒤가 없었다. 영원히 죽는 것이다.

정말로 끝이다.

아이린의 눈시울이 붉어지기 시작하자, 그 감정이 순식간에 퍼져 나가 어느새 어머니와 레니도 눈물이 그렁그렁 맺힌 눈이 되어 있었다. 여자의 눈물은 이래서 무섭다. 보는 사람으로 하여금 어쩔 줄 모르게 하니까.

"조금만 더 있으면… 안 돼요?"

"응, 이젠 떠나야 해. 아이린, 돌아오면 그때 보자. 다시 왔을 땐, 옆에 좋은 남자 친구도 좀 두고 나한테 소개도 시켜주고!"

나는 아이린을 차분히 달랬다. 그녀에게 희망고문이 될 말도, 그렇다고 독한 말도 하지 않았다. 어떤 식으로든 한쪽에 치우친 말을 해서는 역효과만 불러일으킬 뿐이다.

나는 감정의 선을 확실하게 그었다.

아이린은 이내 고개를 떨구고 눈물을 흘렸다. 어머니와 레니는 아이린이 나를 좋아하고 있다는 사실을 알고 있다.

그리고 나와 아이린이 잘되기를 바란다. 아이린이 어머니와 레니에게 그만큼 점수를 많이 따놓았기도 했다.

아이린과의 관계는 단순한 남녀 관계가 아니라, 절친한 친구 카터가 엮여 있는 관계였다. 가장 친한 친구가 가장 아끼는 여동생. 그 여동생을 함부로 대할 수는 없는 것이다.

"아이린, 오빠는 금방 돌아올 거야. 너무 걱정하지 마."

"그래, 아이린. 하고자 하는 일이 있는데 보내주어야지. 너무 걱정하지 마렴. 내가 눈물이 다 나는구나."

세 여자가 동시에 눈물을 쏟고 있으니 이게 무슨 상황인가 싶다.

누가 보면 전쟁터로 끌려가는 가족인 줄 알 것만 같다. 하지만 세 사람은 매우 진지했다. 그만큼 날 걱정해 주는 마음은 똑같았다.

"가보겠습니다."

나는 시간이 더 지나기 전에 발걸음을 반대쪽으로 돌렸다. 이제는 떠날 시간이었다. 키리아트 마을은 내 인생의 시작점이고 이제 나는 시작점을 떠나 결승점을 향해 쉴 새 없이 달릴 준비가 됐다.

탕!

출발을 알리는 신호탄의 소리가 있다면, 이런 소리일 것이다. 바로 지금이었다. 나, 레논의 인생의 신호탄은 바로 지금, 이 발걸음에서부터 시작되고 있었다.

*   *   *

"떠나는 건가?"

"예. 하지만 걱정 마십시오, 영주님. 카터가 앞으로도 문제없이 상단을 운영할 겁니다."

"하하하, 자네들은 걱정 안 해. 다만 잠시나마 못 보게 되었다고 하니 아쉬울 따름이지."

영지 밖으로 나서기 전, 나는 토키 백작을 만났다.

키아그라 복용을 시작한 이후, 토키 백작의 삶은 180도 달라졌다. 그는 우리에게 만큼은 가감 없이 몇 가지 사실들을 알려주었다.

부부 관계가 원만해진 덕분에 밤이 두렵지 않다고 했다. 더 나아가 처첩들 중에 임신한 부인들의 수가 좀 됐다. 다들 아들에 대한 기대를 가지고 있었는데, 당연한 이유였다. 그 아들이 토키 백작의 대를 이을 자식이 될 테니까.

물론 장밋빛이기만 한 것은 아니었다. 아들이 그중에 하나만 태어난다면야 상관이 없겠지만, 아들이 여럿이 되는 시점부터 집안의 사정이 복잡해지게 될 터다.

토키 백작만 놓고 보면 제2의 청춘을 살고 있는 것이니 축하해 줄 일이었지만, 그의 가문 전체를 놓고 본다면 언제 터질지 모르는 시한폭탄을 가지고 있는 것이나 다름없었다.

하지만 그건 어디까지나 토키 백작의 일이다. 내가 신경 써줄 부분도 아니고 그런다고 해서 바뀔 일도 아니다.

"영주님이 저희들을 도와주신 덕분에 지금의 저희가 있을 수 있었습니다. 항상 배려해 주시고 지원해 주셔서 감사합니다, 영주님."

"새삼스러운 감사 인사로군. 내가 도움을 주기만 했나? 자네들에게도 받았지. 어차피 서로가 윈윈이야. 내게 신세졌다고 생각할 필요는 없어."

토키 백작은 솔직하게 말했다. 맞는 말이다. 그는 우리 상단과 키아그라 독점 판매에 대한 세금 덕분에 영지의 세수가 크게 늘었다. 숙박업, 주류업 등이 호황을 이루면서 부가적으로 발생한 효과까지 합치면 어마어마한 세수가 늘어난 셈이다.

토키 백작이 우리를 아끼는 건 너무나도 당연한 일이었다. 영지의 세수가 증가했다는 것은 그만큼 영지 내에서 추진하고 싶은 일들에 대해 거침없이 달려들 수 있음을 의미하고 또한 군사력을 크게 증진시킬 수 있음을 의미했다. 토키 백작은 야심가였고 자신의 영지가 대외적으로 제국의 중심축이 될 만큼 성장하길 바라는 사람이었다.

덕분에 몇 달 사이, 영지 주둔군의 숫자가 크게 늘었다. 전투 마법사나 기사 같은 고급 전력도 대폭 증가했다. 이 모든 것이 우리 상단의 등장에서 시작된 선순환이었던 것이다.

"그럼 다녀오는 대로 다시 인사드리겠습니다."

"그래, 자네가 없어도 카터와 긴밀하게 연락을 나눌 테니 걱정 말고."

"예, 영주님."

나는 토키 백작에게 정중하게 인사를 올리고는 그의 저택을 떠났다. 이제 이것으로 키리아트 마을에서의 작별 인사는 모두 끝이었다.

카터와의 작별 인사는 어제 미리 해두었다. 녀석은 하루 24시간을 쪼개어 써도 부족할 정도로 바쁜 나날들을 보내고 있었다.

상단 덕분에 카터 집안의 삶도 매우 좋아졌다. 약초꾼 생활을 할 때도 크게 돈 걱정을 할 필요는 없었지만, 지금은 아예 상황이 달라졌다.

카터의 가족들도 우리 가족들과 생각이 비슷해, 이제 남들 부럽지 않은 부자로서의 삶을 살게 되었음에도 오만하게 굴지 않고 검소하게 살았다. 덕분에 나와 카터의 집안은 다른 사람들의 부러움과 존경을 한 몸에 받고 있었다.

"후아. 신선한 공기로군."

나는 북쪽으로 방향을 잡았다.

내가 아티팩트 링과 마법서를 구입하기 위해 만나야 할 로난은 북쪽으로 나흘 정도를 부지런히 움직이면 나오는 샤론 공작가의 대영지에 있었다.

그는 떠돌이 장사꾼이기 때문에 한곳에서 한 달 이상 머무는 일이 없었다. 때문에 처음에 로난의 동선을 알지 못했을 때는 그의 뒤를 쫓기 위해 몇 개월을 허비한 적도 있을 정도였다.

이동하는 루트가 순서대로 영지 하나하나를 방문하면서 가는 것이 아니라, 오늘은 여기에 있다가도 며칠 후면 수백 km는 떨어진 영지에서 나타나는 식이었다.

그는 일반 상인들은 취급하지 않는 물건들을 팔았고 워낙에 고가의 물건을 주로 거래하다 보니 실제로 돈이 많았다. 때문에 한 번 사용하기 위해 꽤 많은 금화를 이용비로 내야 하는 장거리 텔레포트 마법진도 심심찮게 사용하곤 했다.

평민들, 아니 중산층 귀족들도 텔레포트 마법진은 쉽게

사용하지 못했다. 하지만 로난은 달랐다. 게다가 익스퍼트 급의 검사 둘을 개인 호위기사로 둘 정도였으니, 그가 얼마나 재력가인지는 말할수록 입이 아플 뿐이다.

아이거의 다크 링, 지옥의 마법서.

이것이 내가 구하려고 하는 두 가지 물품의 공식 명칭이었다. 이름만 들어도 웬만한 사람이라면 구매 욕구가 싹 사라지게 만드는 물건. 실제로 악명이 높은 물건이기도 했다.

두 가지를 함께 구입해야 하는 이유는 간단하다. 지옥의 마법서를 이용해 다크 링에 봉인된 미치광이의 영혼을 깨워야 하기 때문이다. 그 미치광이의 이름이 아이거다. 그래서 아이거의 다크 링이라는 이름이 붙은 것이다.

아이거는 지금으로부터 473년 전, 흑마법사들의 나라, 마도국이 전성기를 이루고 있을 때 희대의 살인마로 이름이 높았던 흑마법사였다.

약간의 살이 붙었지만, 그의 손에 죽은 사람들의 수가 백만이 넘었다. 이건 희생된 사람의 수만 통계로 낸 것이었고 그 외에 드래곤이나 엘프, 오크, 트롤 등과 같은 다른 이종족까지 그 수를 합치면 곱절 이상은 됐다.

나는 알고 있지만, 사람들이 알지 못해 궁금해 하는 수수께끼가 하나 있다. 과연 아이거는 몇 클래스의 마법사였을까 하는 것이다. 기록에 따르면 그는 드래곤과도 호각세를 이룰 만큼 대단한 마법사였다고 전해지니까.

나는 이미 예전의 삶에서도 이 반지와 마법서로 수련을 한 경험이 있다. 아이거에게는 클래스가 무의미했다. 왜냐면, 그는 비공식적이었지만 9클래스의 한계를 뛰어넘은 마법사였으니까.

다크 링과 마법서를 이용해 의식을 치르게 되면 나는 각성 과정을 거침과 동시에 반지에 봉인된 아이거의 영혼과 교감을 이루게 되고 계약을 맺게 된다.

그렇게 되면 사람들은 불가능하다고 생각하는 백마법과 흑마법의 공존이 가능해진다. 그리고 더 나아가 9클래스에서 한계점을 드러내고 마는 백마법과 달리, 어떤 식으로 연성하느냐에 따라 한계가 사라지는 흑마법을 구사할 수 있게 된다.

물론 그것은 나중의 일이다. 백마법과 흑마법 모두 9클래스의 경지에 이른 다음의 일이었다. 양 마법이 모두 9클래스의 경지에 이르게 되면, 나는 한계점을 돌파하기 위해 극한, 극악, 극마로 치닫는 새로운 연성법으로 마법을 수련해야 한다.

이때부터는 나도 경험의 횟수가 많지 않아 실수할 가능성도 많고 무엇보다 내 정신을 온전하게 유지하는 것이 지상 최대의 과제가 된다. 그 자체가 매우 어렵기 때문이다.

그래서 아이거는 미쳐 버렸다. 마도국의 대마법사였던 그는 적아를 가리지 않고 보이는 모든 것을 잿더미로 만들어버리는 살인마가 되었다. 그리고 그가 마지막으로 이성을 붙잡고 정신을 차렸을 때, 다크 링에 자신의 영혼을 봉인시켜 버렸다. 풀어내는 방법과 의식이 적힌 마법서와 함께.

이미 이 다크 링과 마법서에 희생된 자들의 수만 해도 수십 명이 넘는다. 그들은 모두 아이거의 영혼과 계약을 맺는 과정에서 그의 광기를 견뎌내지 못하고 정신을 잠식당했고 미쳐 버렸다. 그때마다 희생자들의 원한, 분노, 증오, 광기가 반지에 더해져 더더욱 괴이한 물건이 되었다.

그래서 이 반지와 마법사가 수십 년째 주인을 찾지 못하고 장사꾼의 보따리 속을 떠돌고 있는 것이다.

아마 메디우스에게 내가 이 물건을 찾으러 떠난다고 얘기를 했다면, 사람 좋은 그라고 해도 두 손 두 발을 모두 들어 막았을 것이다. 그 정도로 위험한 물건이다.

"로이니아… 이제 아이린이 아닌 다른 여자를 만나겠네."

나는 기억 속의 이름 하나를 떠올렸다.

로이니아.

그녀는 내가 로난을 만나기 위해 가고 있는 이 길을 따라 북쪽으로 가다보면 나오는 소렌 남작가의 영애다. 물론 우연히 동선이 겹쳐 만나는 사람은 아니다. 애초에 이 동선에 포함된 인연 중 하나였다.

로이니아에게는 아론이라는 오빠가 있는데, 내게는 곧 인연이 있을 사람이다. 내가 입단을 놓고 저울질한 두 개의 용병단, 카트리나 용병단과 테노스 용병단 중 테노스 용병단의 검사이기 때문이다.

로이니아는 귀족가의 여인답게 새침하면서도 도도한 것이 특징이었다. 하지만 그녀는 겉으로 보이는 것과 달리 꽤 비관적인 사람이기도 했다.

그녀의 아버지인 소렌 남작은 원래 잘나가는 귀족이었다. 하지만 몇 년 전, 한차례 광풍이 불어 닥쳤던 기사단의 비리 스캔들이 터지고 난 뒤, 그 스캔들에 연루되어 기사단에서 제명당하고 체포되어 감옥에서 몇 년을 살았다.

그러는 사이 그가 부당하게 취득한 것으로 여겨지는 가문의 가산들이 몰수당했고 윤택했던 소렌 남작가의 삶은 하루아침에 바닥으로 곤두박질쳤다.

그때까지만 해도 밝은 성격의 소유자였던 로이니아는 집안의 끝없는 추락을 경험하면서 생각이 많아지게 됐고 소극적이면서도 비관적인 사람이 됐다.

그리고 아버지의 비리로 인해 기사단으로의 진출 길이

막혀버린 아론은 테노스 용병단에 입단했다. 용병은 별다른 제한이 없기 때문이다.

"음."

이런저런 생각을 하며 걷다 보니 어느새 산길을 따라 걷고 있었다. 날은 아직 밝은 대낮이지만, 산길은 늘 위험하다. 특히나 이렇게 영지 밖으로 나와 다른 영지와의 경계선이 모호한 위치를 지나게 되면 더욱 그렇다. 대다수의 상단이 이런 곳에서 산적들의 기습을 받는다.

바스락. 바스락.

그때, 멀지 않은 산비탈 쪽의 수풀이 흔들리는 것이 보였다. 아이거와 로이니아에 대한 생각에 잠겨 있다 보니 별생각 없이 산길로 들어온 것이 문제였다. 흔들리는 수풀을 보자 중요치 않다고 생각해서 잊고 있었던 과거의 기억이 떠오르기 시작한다. 예상이 맞지 않았으면 좋겠지만, 아마 저 수풀 사이에서 곧 네 명, 아니 세 명의 남자가 모습을 드러낼 것이다.

산적이라고 하기엔 애매하고 좀도둑이라고 하면 적당할 듯한 상태로 말이다.

"손만 간단하게 풀어볼까."

허리춤에는 대검이 있고 연속적인 시전까지는 불가능하

지만 내게는 마법이 있다.

　지난 6개월간 꾸준히 수련해 온 검술은 적당히 쓸 만은
하다. 내가 말하는 적당히라는 것은 단순한 호신용으로서
적당하다는 것이 아니라, 용병단이나 기사단에 갓 입단했
을 법한 새내기들을 상대로 빈틈을 주지 않을 정도는 된다
는 뜻이다.

　수많은 검술과 연계 동작들은 머릿속에 있지만, 아직 몸
이 이를 따라가기에 부족하다. 쉽게 말하자면 필요한 데이
터들은 다 있는데, 컴퓨터가 이를 찾아내는 데 시간이 걸리
는 것과 비슷한 이치다. 앞으로 꾸준히 수련을 거듭하면,
그 이상의 실력자들과 검을 겨룰 수준까지는 올라갈 것이
다. 어쨌든 검술로도 저런 녀석들을 상대하는 데에는 무리
가 없다.

　마법적인 성취로는 2클래스에서 3클래스 사이를 왔다 갔
다 한다. 클래스는 불변하는 것이 맞지만, 내게 유동적으로
적용되는 것은 역시 체질 때문이다. 많은 부분이 반년 전에
비해 개선이 됐지만, 아직까지는 몸이 마나를 끌어당기는
힘이 부족하다.

　때문에 이번 여정이 중요한 것이다.

　아이거와의 계약을 통해 각성 과정을 거치게 되면 나는
좀 더 마법사로서 활동하기 좋은 조건을 갖추게 된다. 마나

홀과 마나 로드의 활용성도 대폭 증가한다.

아직 약간의 핸디캡이 있긴 하지만, 저런 잔챙이들을 상대로 고전할 일은 없다. 나는 자칫 무료한 첫 날이 될 수도 있었던 오늘에 신선한 자극을 주기로 했다.

"음, 가방이 정말 무겁네……."

나는 수풀 속에서 나를 지켜보는 시선이 있음을 알면서도, 금괴가 담긴 가방을 반쯤 열어 보였다. 눈이 달려 있으면 그 안에 있을 금괴들이 보이지 않을 리가 없다.

바사사삭!

역시나 초짜들이다. 내가 금괴를 보여주자마자, 유독 녀석들이 숨어 있을 수풀들이 심하게 흔들렸다.

그 모습을 보니 귀엽기까지 하다.

나는 다시 가방을 닫고는 묵묵히 걷기 시작했다.

그러자 수풀이 더 격하게 흔들리면서, 이내 그 안에서 세 명의 남자가 모습을 드러냈다. 나름 검은 복면을 뒤집어쓰고 손에 검까지 든 산적 '같은' 녀석들이었다.

"어이, 거기! 미안하지만 그 가방은 놓고 가주셔야겠어?"

"가방만 놓고 가면 목숨은 살려주지!"

"후후, 네가 도망갈 곳은 없다!"

"……."

복면의 남자들은 저마다 정해진 멘트라도 있는 듯이 나에게 각자 한마디씩 던졌다. 이제야 기억이 새록새록 난다.

아리온 3형제. 저 녀석들은 고아였다. 어렸을 적에 부모를 전쟁으로 잃고 각지를 떠돌면서 저렇게 어설픈 산적질을 하곤 했다.

웃긴 것이 산적질도 화끈하게 하는 것이 아니라서, 산길을 홀로 이동하는 사람들을 위협해서 아주 약간의 돈만 뜯어냈다. 현대를 배경에 맞춰 비유를 하자면 지갑에 백만 원은 넘게 들어 있는 사람에게서 십만 원만 빼앗아가는 식이다.

그것은 녀석들이 특이한 지론 때문이었는데, 대상이 가진 것의 전부를 빼앗아 가지 않으면 대상도 다행이라 생각하며 신고를 하지 않게 된다는… 그런 근거 없는 믿음이 있었다. 쉽게 말해서 겁이 많았다는 소리다.

아리온 3형제와 인연은 깊지는 않다. 기억을 되짚어보니 이때 처음 만나게 된 다음 십수 년 동안 다시 봤던 적은 없는 것 같았다. 그리고 다시 만나게 되었을 때, 이들 3형제는 스페디스 제국을 떠나 마도국 자르가드의 군인이 되어 있었다. 암살 교육을 받은 어쌔신으로.

어쨌든 인연은 인연이다. 지금은 나보다 세 살에서 다섯 살이나 어린 녀석들이고 검술 실력도 조잡하다 싶을 정도로 형편이 없다. 하지만 나중에는 꽤 쓸 만한 녀석들이 된다.

나와의 만남을 계기로 좀도둑 생활을 청산하고 모두 군인이 되기로 결심하기 때문이다.

"어이!"

내가 녀석들의 위협적인 말에 별다른 반응 없이 앞으로 걸어 나가자, 당황한 듯한 녀석이 나를 다시 불렀다. 이 녀석이 아리온이다. 열네 살의 맏형이다.

"⋯⋯."

나는 답 없이 힐끗 아리온을 바라보았다. 그래도 좀도둑질을 확실하게 하겠답시고 예기를 가득 머금은 대검을 들고 있었는데, 대검을 쥔 손은 부르르 떨리고 있었다. 본인은 안 떨고 있다고 생각하겠지만, 내 눈에는 사시나무 떨듯 떨리는 손이 보인다.

"그 가방은 놓고 가시지! 미리언, 빼앗아 버리자!"

"없애주겠다!"

형 아리온을 대신해 동생 에이론과 미리언이 비탈길을 따라 빠르게 내려오기 시작했다. 비탈길을 내려가는 것에 집중하느라 방어 자세는 하나도 취해져 있지 않다. 시선도 내가 아닌 비탈길로 옮겨져 있다. 넘어질까 봐 걱정하는 모양새다.

"이 녀석들……."

웃으면 안 되는데 자꾸 웃음이 나오려고 한다. 나는 터져 나오려는 웃음을 꾹 참고 가장 선두에서 내려오고 있는 에 이론을 보았다. 그리고 지체 없이 헤이스트를 전개했다.

파앗!

일순간 몸이 앞으로 빠르게 움직이며 나를 제외한 세상 의 모든 움직임이 상대적으로 느리게 보였다. 동시에 나의 움직임은 평소보다 빨라져, 순식간에 에이론의 앞에 도달 한다.

실로 오랜만에 써보는 마법이었다. 역시나 마나 홀의 자 체 마나 재생력, 그러니까 자연의 마나를 당기는 힘이 부족 하다 보니 순간적인 마나 손실이 크게 느껴진다.

보통의 마법사들이라면 손실이 발생하는 순간, 바로 빈 공간에 마나가 채워지면서 회복이 되지만, 나는 아직 그 속 도가 늦은 편이다. 이것은 아티팩트를 통한 각성 과정을 거 치고 나면 대폭 개선이 될 것이고 이후 용병단에 들어가 경 험을 쌓으면서 체력적인 부분을 보완해 나갈 문제였다.

마법도 결국 검술처럼 실전 학문이어서, 현장에서 끊임 없이 마법을 사용하고 몸에 자연스럽게 익도록 해야 변화 가 있었다. 이론만 공부해서는 입만 살아 숨 쉬는 허풍쟁이 밖에 되지 않는 것이다.

"히익!"

내가 단숨에 코앞에 이르자, 에이론이 겁에 질린 비명을 내질렀다. 이미 이것 하나만으로도 내가 마법을 쓸 수 있는 사람이라는 것이 증명된 셈이었다.

퍼억!

나는 그 힘을 그대로 주먹에 실어 에이론의 복부를 후려 쳤다. 그러자 녀석이 켁 하는 소리와 함께 신음을 토해냈고 나는 비틀거리는 녀석에게서 대검을 빼앗은 뒤 배를 한 번 더 발로 찼다.

"형!"

미리언이 내 발길질에 떨어져 나가는 에이론을 보며 소리쳤다.

시잉!

나는 그 사이, 허리춤에서 바로 대검을 꺼내 에이론의 목에 겨누었다. 그리고 왼손 위로 1클래스의 기본 마법이자, 가장 시각적인 효과가 큰 마법인 파이어 볼을 캐스팅했다.

화르르륵.

언제고 상대를 위협할 수 있는 파이어 볼이 내 왼손 위에서 불길을 일렁이고 있다. 그러자 자연스럽게 내게 달려들려던 아리온이 멈췄다. 동생 미리언의 목숨이 위험해진 마당에 더 움직일 생각도 하지 못하는 것이다.

"아."

"……"

"잘못했어요."

역시 아리온이다. 녀석은 현실에 대한 적응이 빠르다. 잠깐의 교전, 아니 교전이라고 하기에 일방적인 상황의 전개였지만, 서로에 대한 차이를 깨닫는 데에는 충분했다.

10분 후.

나와 아리온 3형제는 같은 길을 걷고 있었다. 녀석들이 누군가의 피를 손에 묻힌 살인마가 아니라는 것은 잘 알고 있다. 물론 엄밀하게 말하자면 살인을 저지르지 않았다고 해서, 그간 해온 좀도둑질의 죗값이 없는 것은 아니었다. 하지만 워낙에 녀석들이 빼앗은 돈이 빼앗긴 사람의 입장에서는 푼돈이라 할 만한 돈이었고 그래서 문제가 될 만한 신고도 없었다.

나는 녀석들을 길동무나 삼을 요량으로 함께 소렌 남작가 쪽으로 방향을 잡고 이동하며 이야기를 나누고 있었다.

"그런 실력으로는 엄한 사람을 붙잡았다가는 목이 달아나게 될 거야. 이제 그런 좀도둑질은 그만하는 게 좋다."

"죄송합니다, 형님. 이틀 가까이 굶었거든요… 오늘은 꼭 돈이 필요한 날이었어요."

아리온의 말은 진실이었다. 세 녀석의 복면 속에 숨어 있던 꾀죄죄한 얼굴과 몸에서 잔뜩 풍기는 정체불명의 냄새들, 그리고 내 귀에도 들릴 정도의 꼬르륵거리는 소리가 그 증거였다.

아리온은 두 동생을 책임지고 있는 형답게 넉살이 좋았다. 내가 허락하지도 않았는데 어느새 나를 형이라 부르며 따르고 있었다.

예전 같았으면 이런 녀석들에게 돈을 쓴다는 것 자체가 부담스럽게 느껴졌겠지만, 지금은 금화가 아쉬울 일은 없다. 그리고 용병단 생활을 하게 되면 거기서 지급받을 보수만으로도 내 개인적인 경제 활동은 해결된다. 사치나 낭비, 도박에는 관심이 없는 만큼 엄한데 돈을 쓸 일도 없는 것이다.

"이 돈이면 당분간 끼니 걱정은 안 해도 되겠지."

팅!

나는 주머니에서 금화 하나를 꺼내 아리온에게 던져 주었다. 그 순간, 세 녀석의 눈이 서로 약속이라도 한 것처럼 동시에 휘둥그레졌다.

금화. 보고만 있어도 마음을 흐뭇하게 만드는 마법의 화폐였다. 그만큼 평민들에게 금화는 보기 힘든 물건이기도 했다. 귀족들은 금이 주가 되는 세계에 살고 있지만, 평민

들과 노예들의 삶은 은과 동이 주가 되는 전혀 다른 세계인
것이다.

"고, 고, 고맙습니다, 형님!"

3형제가 동시에 내게 인사를 올렸다. 나는 고개를 저었
다. 이런 감사 인사를 들으려고 녀석들에게 금화를 준 건
아니었으니까.

나는 이 녀석들에게 뭐가 가장 좋을지 생각했다. 과거처
럼 마도국 자르가드의 군인이 되어도 좋겠지만, 그러면 나
와는 언젠가 적으로 만나게 될 가능성이 높다. 그리 머지않
은 시간에 자르가드와 스페디스 제국 사이에 전쟁이 발발
하기 때문이다.

전쟁이 발생하면 제국 내에 연고를 두고 있는 용병단에
게도 자연스럽게 지원 요청이 온다. 보수는 상당하다. 그들
은 제국에 소속된 제국군이 아니기 때문에, 제국은 그들의
참전에 대한 보수를 상당히 높게 쳐준다. 수백 명의 일반
병사보다 한 명의 능숙한 용병이 낫다는 것은 두말할 나위
없는 사실이기 때문이다.

즉, 전쟁과 동시에 내가 속해 있게 될 용병단도 전투에
참여함을 의미한다.

이 녀석들이 마도국으로 가서 군인이 되어버리면 언젠가
는 녀석들의 목에 칼을 겨누거나 태워 죽여 버릴 일이 생길

지도 모른다.

"너희들. 매일 밥걱정하지 않고 건강까지 챙겨가며 살 수 있는 방법을 알고 싶지 않으냐?"

"예, 예! 그런 방법이 있다면 진작 달려들었죠! 알려주세요!"

형 아이론보다 더 빨리 대답한 것은 막내 미리언이었다. 이 녀석이 셋 중에서 가장 순둥이다. 눈물이 많은 녀석이기도 하다. 좀도둑이라는 말 자체와도 어울리지 않는 녀석. 하지만 성격과는 다르게, 군인으로서는 가장 재능이 많은 녀석이기도 했다. 연습 벌레이기 때문이다.

"로디스 영지에서 지금 계속 영지 내의 경비병이 될 인재들을 모집 중이다. 어릴수록 좋지. 그만큼 잘 훈련시켜서 적재적소에 쓸 가능성이 높으니까. 로디스 영지의 영주인 토키 백작님은 군인들을 매우 아끼는 분이다. 그만큼 대우도 좋고. 너희들이 그쪽에 몸을 담게 된다면, 내가 말한 것처럼 적어도 끼니와 잠자리를 걱정할 일은 없게 될 거다. 보수도 충분하고."

"저, 정말입니까?"

"내가 그 영지 사람이니까. 이번에 대대적으로 군인이 될 인재들을 유치하고 있어. 너희가 가장 해볼 만한 무대가 될 거다."

나와 카터가 유명세를 꽤 탄 것은 사실이지만, 이름 정도
가 많이 알려졌을 뿐 얼굴을 아는 사람은 많지 않다. 이 세
계는 현대와 달라서, 소문은 돌아도 얼굴까지 알아볼 순 없
기 때문이다. 인터넷이나 스마트폰 같은 이기가 존재하는
세상이 아니니까.

그래서 녀석들은 나를 잘 모른다. 물론, 알아주길 바라는
것도 아니다.

"형, 우리 그러면 거기로 가자! 이제 이런 거 싫어. 언제
잡혀갈지도 모르는데……."

에이론이 가장 즉각적인 반응을 보였다. 미리언은 벌써
마음이 떠나있는 듯했다. 그러자 아이론이 내게 다시 물었
다.

"오늘의 일은 비밀로… 해주실 건가요, 형님?"

내가 그 영지 사람이라고 하니, 나중에 다시 돌아와 오늘
의 일을 까발릴까 무서웠던 모양이다. 나는 무심히 고개를
끄덕이며 답을 대신했다.

"영지로 돌아오시면 꼭 뵐 수 있게 해주세요. 꼭이요."

미리언이 내게 인사를 건넸다. 어느새 녀석들은 마치 나
를 오래전부터 알고 지낸 형이었던 것처럼 의지하고 있었
다. 분명 첫 만남은 산적과 행인의 그림으로 만났는데, 지
금은 형과 동생으로 길을 걷고 있는 것이다.

이런 게 내게는 일상 속의 재미다.

변태 같다고 할지도 모르겠지만, 남들은 심각하게 받아들일 수도 있는 상황들을 유쾌하게 받아넘기는 게 나는 가능했다. 내가 이 형제들이 어떤 녀석들인지 잘 알고 있기 때문에 가능한 일이기도 하다.

"가져가. 가는 동안은 따뜻한 데서 자고 먹고 싶은 것도 먹어라."

나는 금화 하나를 더 던져 주었다. 2골드면 정말 배불리 밥을 먹고 또 먹어도 남을 돈이었다.

"감사합니다, 정말 감사합니다. 형님! 형님의 이름이라도 알려주시면……."

"영지에서 멋진 군인이 되어 있으면 내가 돌아오는 대로 꼭 너희를 찾아보마. 그때 인사를 하자. 그 전까지 정신 차리고 한 번 제대로 도전해 봐. 너희들, 아직 어리잖아."

"네, 네!"

"어서 가봐. 내가 갈 길은 아주 먼 길이야. 따라와서 도움될 것 하나도 없다."

"예, 형님!"

말이 끝나기가 무섭게 3형제는 로디스 영지 쪽으로 방향을 잡았다. 나와는 정반대의 방향이다.

녀석들은 내가 시야에서 완전히 사라지기 전까지 몇 번

이고 인사를 하고 또 하며 내게 고마움을 표현했다. 아마 녀석들의 기억 속에서도 나는 아주 특별한 사람으로 남을 것이다.

자칫 자신들의 목숨을 빼앗아 갈 수도 있었을 마법사가 되려 금화까지 노잣돈으로 쥐어주어 가며 자신들의 앞길을 제시해 준 은인이 되었으니까.

나중에 영지에서 머무르게 되면 녀석들을 찾아가 볼 생각이었다. 과거에 군인으로서 잘 정착했던 삶을 보았던 기억이 있으니, 이번 삶이라고 해서 크게 다르지는 않을 것이다.

한편으로는 기대도 됐다. 3형제가 얼마나 자신들의 능력을 만개시킬지. 그것은 이제부터 지켜보면 될 일이다.

*   *   *

"여기가 소렌 남작이 새로이 자리를 잡은 곳이었나. 역시… 귀족가의 저택이라고 하기엔 너무 볼품이 없군."

이튿날 정오 무렵.

나는 소렌 남작가의 앞에 당도해 있었다. 남작가라고 하기에 민망할 정도로 집의 크기도 작았고 위치도 영지 외곽이었다. 보통의 귀족들이 메인 스트리트, 그러니까 시가지

에 저택을 꾸리고 산다는 점을 생각하면 매우 의외인 것이
었다.

로이니아는 가문의 몰락과 슬픔, 상실감의 집약체인 저
집에서 사는 것을 정말 싫어했다. 그래서 그녀는 잠을 잘
때를 제외하고는 늘 저택 밖으로 나와 있곤 했다.

아마 오늘도 이 근처에서 그녀를 찾을 수 있을 것이다.
아침을 먹자마자 밖으로 나왔을 테니까.

그렇게 주변을 둘러보고 있자니, 저 언덕 위에 수수한 원
피스 차림으로 생각에 잠긴 채 언덕길을 따라 걷고 있는 한
여인이 눈에 들어왔다.

로이니아였다.

9장

반지, 그리고 마법서

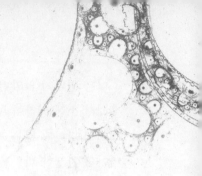

　로이니아에 대해서는 정말 다양한 기억이 있다. 아이린의 경우 삶이 반복될수록 점점 최악으로 치닫는 그녀와의 인연에 몸서리가 쳐질 정도의 좋지 않은 감정이 남았지만, 로이니아는 조금 달랐다.

　로이니아의 삶은 나를 만났을 때와 만나지 않았을 때가 크게 달랐다.

　내가 이번 여정에서 로이니아를 꼭 만나려고 했던 것도 그녀의 우울함을 달래줄 일상 속의 신선한 자극을 주기 위해서였다.

나를 만나지 않았던 로이니아는 지금으로부터 1년을 전후해서 소렌 남작이 추진한 정략결혼의 희생양이 된다. 자신이 사랑하지 않는 사람과는 결혼하고 싶지 않다는 로이니아의 간절한 바람을 무시하고 소렌 남작이 다시금 주류 귀족의 세계로 편입되기 위해 로이니아를 앨런 백작가의 자제와 결혼시키게 되는 것이다.

물론 강제로 이루어진 결혼의 삶이 로이니아에게 행복할 리 없었다.

그녀는 결혼 이후 시름시름 앓다가, 자살을 결심하고 목숨을 끊게 된다. 집안의 몰락, 정략결혼으로 바닥까지 떨어져 버린 그녀의 감정을 따뜻하게 감싸줄 사람이 없었던 것이다.

이것을 발단으로 오빠인 아론도 동생의 죽음으로 크게 분노하여 자신의 아버지인 소렌 남작을 죽이고 미치광이 살인마가 된다. 그리고 수많은 귀족을 찾아다니며 잔혹하게 살해하다가, 결국 제국군에게 체포당해 공개 처형당한다.

이런 비극을 알고 있기 때문에 나는 로이니아에게 오빠와 가족을 제외한 다른 사람, 나와의 인연을 만들어 줄 생각이었다.

로이니아가 나를 만났던 삶에서는 다양한 결과가 있었

다. 우선 목숨을 끊었던 일은 없었다. 정략결혼이 예정대로 진행된 적도 많았지만, 배우자와 최소한 불행하게 살지는 않았다.

나와 연애를 했던 적도 있었지만 결혼을 했던 적은 없었다. 아이린의 집요한 방해 때문이었다.

내가 아이린을 싫어하는 이유는 여러 가지가 있지만, 그녀로 인해 심지어 내 결혼이 무산된 적도 있기 때문에 그 감정의 골이 깊었다.

게다가 소렌 남작이 평민 출신의 마법사였다가 전공을 세워 귀족이 된 나를 탐탁지 않게 생각했던 것도 크게 한몫을 했다.

아무리 전공을 세워 귀족이 되었다 하더라도, 타고난 피가 평민의 것이니 자신의 딸을 줄 수 없다는 것이 논리였다.

그래서 로이니아를 보면 여러 가지 감정이 교차한다. 아이린과는 다른 애틋함이 있다. 남녀의 사랑이 맺을 수 있는 최고의 결실이라고 할 수 있는 결혼을 해보지 못했기 때문이기도 할 것이다.

나는 천천히 언덕길을 따라 로이니아의 뒤를 밟기 시작했다.

보통 귀족가의 영애라면 그것이 비록 몰락한 남작가의

영애라 할지라도, 옆에서 동행하는 하녀 정도는 있게 마련이다.

하지만 로이니아는 혼자였다. 저택에서 얼마 멀지 않은 거리의 언덕길이기 때문에 혼자 나온 것이기도 하겠지만, 그 정도로 남작가의 삶이 형편없었다.

지금은 오빠인 아론이 용병단에서 보수로 받는 것이 가문 수입의 전부라고 할 수 있었는데, 이전의 재산 거의 전부가 소렌 남작의 부정부패로 인한 가산 처분 과정에서 몰수됐다.

그래서 아론은 아무것도 없는 상태에서 다시 돈을 버는 중이었다. 게다가 얼마 전, 소렌 남작의 보석금까지 부담했던 터라 집안 형편은 더욱 좋지 않았다. 겨우 끼니를 때우는 정도였다.

소렌 남작은 일주일을 전후로 해서 돌아오게 된다.

검사로서 자질을 갖춘 아들과 똑똑한 머리를 가진 딸과 달리, 소렌 남작은 욕심은 많으면서 생각은 짧은 인물이었다.

가정을 책임질 가장으로서는 자격 미달이었지만 본인은 자신의 부정부패마저도 가족을 위한 것이었다며 정당화하는 인물이었다. 이야기가 통하지 않는 사람인 것이다.

언덕길을 따라 핀 분홍빛의 꽃들은 아름다웠다. 언덕 아래로 보이는 칙칙한 분위기의 저택과 달리, 이 언덕은 마치 수채화 속에 담겨 있는 풍경처럼 형형색색의 꽃들로 수놓 아져 있었다.

나는 로이니아와 스무 걸음 정도의 거리로 좁혀졌을 즈음, 헛기침을 내뱉으며 인기척을 냈다. 갑자기 등 뒤에서 나타나는 것은 좋지 못하다. 연인 사이라면 모르겠지만, 지금 우리 둘은 생면부지의 남녀다.

내가 소리를 내자, 로이니아가 자연스레 뒤를 돌아보았다. 오랜만에 보는 얼굴이다. 지난 삶에서 내가 스무 살을 넘긴 이후로는 보지 못했으니, 수십 년은 족히 지난 시간이다.

나에겐 수십 년이 흐른 시간이지만, 그녀에게는 지금이 첫 대면이다. 이런 시간적 관념에 대한 괴리와 그 복잡한 감정은 세상 모든 사람들 중에서 나만 아는 것이기도 하다. 그래서 역설적으로 반복된 내 삶들은 매우 흥미로운 것이기도 했다.

"음?"

"꽃이 어느새 이렇게 폈네요. 날이 많이 따뜻해진 것 같아요, 그렇죠?"

"그러게요. 그런데… 저를 아는 분이신가요?"

내 기척을 느끼고 뒤를 돌아본 로이니아에게 나는 자연

스럽게 말을 이어나갔다.

깔끔한 복색과 헤어스타일로 꾸며 놓았으니, 신분을 밝히지 않으면 귀족이라 해도 무방해 보이는 내 모습이다.

그래서 그런지 로이니아는 내게 바로 존대를 했다. 초면이기에 그런 것도 있겠지만, 내게서 귀족의 품위가 느껴졌기 때문일 터다.

사실 귀족의 품위랄 게 별것 없어서, 걷는 자세가 올곧고 깔끔하게 잘 정돈된 외모를 하고 있으면 그게 귀족의 품위였다.

꽤 단순해 보이지만, 많은 귀족이 이런 품위에서 실격 판정을 받는다. 외모가 귀족이라고 하기에 민망할 정도로 못생겼거나, 경박한 자세로 걷는 것이 습관이 된 귀족들도 꽤나 많기 때문이다.

"아닙니다. 우연히 이 쪽을 지나가게 되다가 언뜻 보기에도 아름다운 꽃이 수놓아진 언덕길이 보여서요. 잠깐 시간이나 보낼 생각으로 올라온 겁니다."

"아… 그렇군요."

"산책 중이셨나 보군요?"

"네. 바람이나 쐴까 해서요. 자주 걷는 길이거든요."

로이니아의 짤막한 대답에 맥이 끊길 뻔했던 대화를 내가 질문으로 되살렸다.

아이린이 먼저 말을 걸고 관심을 표현하고 어떻게든 나와 대화를 이끌어내기 위해 부단히 노력하는 스타일이라면, 로이니아는 정반대였다.

그녀는 흔히들 생각하는 귀족가의 여인답게 새침하고 도도했으며, 말을 최대한 아꼈다. 호감이 있어도 표현하는 것을 부끄럽게 생각했고 상대가 호감을 표현해도 드러내 놓고 즐거워하지 않았다.

이것은 그녀의 성격적인 문제가 아니라, 틀에 박힌 귀족들의 관념의 폐단이었다.

실제로 그녀는 매우 적극적인 여자였다. 하지만 관념에 사로잡혀, 누군가에게 호감이 있어도 속으로 끙끙 앓으며 표현하길 주저했다.

그녀가 내게 이런 말을 했던 적이 있었다. 내가 아이린과 결혼을 하게 되었을 때의 이야기다.

이럴 줄 알았으면 그때 당신을 좋아한다고 말할 걸 그랬어요. 난 그때부터 당신을 마음속에 두고 있었는데…….

이 말을 결혼식 당일 듣게 되는 남자의 마음은 어떨까. 그것도 부인이 될 사람보다 더 좋아했던 사람에게서 듣게 된다면.

당연히 마음이 편할 리 없고 축복받아야 할 결혼이 유쾌하게 느껴질 리 없다.

남자들이 가장 이해하기 어려워하는 여자의 은밀한 신호를 나는 로이니아 덕분에 꽤 많이 익힐 수 있었다.

여자는 남자와 달리 가슴 속에 담은 생각과 입으로 내뱉는 말이 판이하게 다른 경우도 많다는 것을 알게 한 것도 바로 로이니아였다.

첫 만남에 하고 싶은 이야기가 정말 많지만, 나는 그녀에게 충분한 여운을 남길 생각이었다. 나는 그녀에 대해 기억하고 있는 알콩달콩한 이야기들이 많지만, 지금의 그녀에게 나는 초면인 남자에 불과하다.

"실례가 되지 않는다면 함께 걸어도 괜찮을까요? 이 길을 따라서 내려가실 거라면요."

"상관없어요."

로이니아가 고개를 끄덕였다. 나는 자연스럽게 로이니아의 옆에 섰다. 그리고 그녀가 걷는 걸음에 자연스럽게 보폭을 맞추며, 구불구불하게 이어지는 언덕 아래로의 길을 함께 걸었다.

대화는 초면의 남녀가 부담 없이 나눌 만한 소재들이었다.

이곳의 날씨, 풍경, 돌고 있는 소문과 같은 시시콜콜한 이야기들…….

나는 욕심내지 않고 로이니아가 충분히 공감해 줄 수 있는 소재 거리를 던져 주었다.

대화를 내가 주도하는 형태가 되긴 했지만, 그렇다고 해서 로이니아가 꿀 먹은 벙어리처럼 입을 다물고 있진 않았다.

내가 물어보면 답을 하고 거기에 살을 붙여 되돌려 주었다. 이 정도면 충분했다.

그렇게 20분 정도를 대화를 하며 걸었을까?

청춘남녀의 묘한 긴장감이 은은하게 감도는 가운데, 로이니아는 자신도 모르게 한숨을 내쉬었다. 영화 속의 한 장면이었다면 여기서 손이라도 잡았거나 했겠지만, 현실은 현실이다.

어차피 로이니아를 만날 기회는 얼마든지 많다. 로난에게서의 볼일이 끝나고 각성을 마치고 나면. 돌아오는 길에도 또 그녀를 만날 수 있다.

"로이니아 씨, 무슨 근심이라도 있어요? 오늘 같이 화창한 날씨와 곱게 차려입은 옷과는 맞지 않아 보이는 아픈 한숨이군요."

"제게 정말 친한 친구가 하나 있거든요. 그 친구에 대한 고민을 생각하다 보니 한숨이 나와서……."

"말해봐요."

우리는 길을 걸으며 자연스럽게 통성명을 한 상태였다. 나이도 같았다. 다만 말을 놓지는 않았다.

"레논 씨는… 사랑하지 않는 사람과 함께할 수 있다고 생각해요? 얼굴 한 번 보지 못한 사람과 결혼할 수 있다고 생각해요?"

존재하지도 않는 친구를 핑계 삼아 말한 고민은 바로 로이니아 자신의 것이었다. 아직 소렌 남작이 풀려난 것은 아니지만, 이 즈음부터 소렌 남작이 정략결혼을 추진했던 것으로 기억한다.

다만 소렌 남작이 워낙에 큰 스캔들에 휘말려 지방으로 쫓겨나다시피 한 데다가, 안 좋은 소문이 많아 성사되기까지 시간이 좀 걸렸는데 그게 1년 정도인 것이다.

소렌 남작은 감옥에 갇혀 있는 와중에도 면회를 온 로이니아에게 미안하다는 말 따위가 아닌, 이 아비가 나가는 대로 가문을 재건하기 위해 네 희생이 절실하다… 같은 그야말로 '개소리'를 지껄여 댔다.

지금 로이니아의 고민은 아버지 소렌 남작이 남긴 개소리의 산물인 것이다. 슬픈 현실이었다.

"할 수 없어요."

나는 명쾌하게 선을 그어주었다. 이것이 그녀가 원하는

고민의 답이기도 하다.

사람의 고민 상담이라는 것이 항상 그렇다. 이미 머릿속에는 내가 판단하고 결정한 정답이 있다. 다만 상담을 하면서, 상대방이 내가 내린 정답과 같은 답안지를 말해주길 바라는 것이다.

그래서 상담자가 내가 생각한 것과 다른 답을 내놓으면 어떻게든 상담자를 설득하기 위해 변명을 늘어놓거나, 아니면 종국에 이르러서는 상담자와 티격태격 싸우게 되기도 한다.

이런 심리학적인 부분에 대해서 나는 수많은 삶을 살며 자연스럽게 공부하게 됐다.

지금의 로이니아에게 필요한 것은 확신이다. 그리고 실제로 펼쳐질 미래가 그러하다.

그녀가 생각하고 있는 정답, 사랑하는 사람과 삶을 만들어나가는 것이 맞았다. 그렇지 않은 삶에서 그녀는 오랜 시간을 버티지 못했다. 청춘의 꽃을 피우기도 전에 목숨을 끊었으니까.

"왜 그렇게 생각해요?"

"불행해지니까. 내가 불행해지기 위해서 사는 사람은 이 세상에 단 한 명도 없어요. 심지어 살인마라 해도, 그 살인마에겐 살인이 행복이기 때문에 살인하며 사는 거죠. 행복하지 않은 삶은 의미가 없어요. 사랑하지 않은 사람과 사는 것이 행복할 수 있을까요? 희생, 그 단어 이상의 어떤 좋은 단어도 생각나지 않는군요."

"하지만 그 친구는 이렇게 말하고 있어요. 자기가 희생하지 않으면 가족들이 더 고통스럽게 될 지도 모른다고요."

"내 삶을 사는 건 다른 사람이 아니에요. 바로 나죠. 그 누구도 대신 살아주지 않아요. 내가 희생해서 내 가족들은 편히 살 수 있을지도 모르죠. 하지만 내 인생은 그 순간부터 영원히 불행해지는 거죠. 단언할 수 있어요, 영원히 불행해질 것이라고."

힘이 가득 실린 확신 섞인 말에 로이니아의 눈빛이 반짝였다. 나는 그럴 수도 있고 저럴 수도 있다는 식의 애매한 답은 하지 않았다. 그녀가 듣기 원했던 답이기도 하겠지만, 내 삶의 방식이기도 했다.

내가 희생을 미덕으로 여기고 이타적인 삶을 살고자 했다면 가장 먼저 마을에서 아이린과 결혼, 아니 약혼이라도 하고 여정을 시작했을 것이다.

하지만 난 철저하게 아이린을 외면했다.

누군가가 이런 내 삶을 소설이나 드라마, 영화 따위로 체험할 수 있는 기회가 생긴다면, 아이린의 마음을 몰라주는 내게 온갖 쌍욕을 내뱉을 지도 모른다. 하지만 다행히도 나는 소설 속의 주인공이 아니다.

로이니아는 한참을 아무 말 없이 있었다.

내 말에 많은 감정이 머릿속에서 교차했기 때문일 것이다.

그녀가 귀족가의 사람이라고 해도, 결국 나와 같은 열일곱 살의 여자일 뿐이었다. 귀족이라고 해서 어린 나이에 세상의 이치를 깨닫는 것도 아니다. 많은 것이 혼란스러울 것이다.

"그 친구에게 꼭 전해주세요. 자기의 인생은 자기가 만드는 것이라고 말이죠. 내가 만들지 않은 인생은 아무런 의미가 없어요. 평생을 불행해야만 하니까."

"그렇겠죠……?"

로이니아의 물음에 나는 강하게 고개를 끄덕여 주었다. 그 말에 로이니아의 표정도 한껏 밝아진 눈치였다.

그러는 사이 어느덧 언덕의 내리막길이 거의 끝나가고 있었다. 짧은 시간이었지만, 나와 로이니아는 서로가 공감대를 형성할 만한 충분한 대화를 나눴다.

지금의 로이니아에게는 말동무를 해줄 친구조차 없었다. 알고 지내던 귀족가의 친구들은 소렌 남작이 감옥에 갇히자, 언제 그랬냐는 듯이 로이니아와 관계를 멀리했다. 즉,

필요에 의한 친분이었다는 것이 드러난 것이다.

로이니아가 드러내 놓고 표현만 하지 않았을 뿐, 그녀는 자신이 '친구'라고 생각했던 사람들에 대해 엄청난 배신감을 느끼고 있었다.

힘과 권력, 지위로 서열이 매겨지고 가식적인 친분을 진심처럼 주고받는 귀족들의 냉정한 섭리를 이제야 깨달은 것이다.

이대로 계속 혼자 두게 되면, 그녀의 생각은 점점 부정적이고 비관적인 방향으로 흘러가게 된다. 나는 다시 한 번 생각을 굳혔다. 로난을 만나고 오는 대로 로이니아를 만나, 그녀에게 한 번 더 그녀의 삶을 헤쳐 나갈 힘을 실어줄 생각이다.

"벌써 언덕길 아래까지 내려와 버렸네요. 얘기하느라 시간 가는 줄 몰랐는데."

"그러게요."

나도, 당신과 대화하다 보니 시간 가는 줄 몰랐어요.

로이니아에게는 '그러게요'라는 말 다음에는 이 표현이 삭제되어 있다. 그녀의 소극적인 화법은 점점 그녀와 교감을 쌓고 가까워져 갈수록 바뀌게 된다. 나는 잘 알고 있다.

그래서 로이니아에게서 어떤 적극적인 리액션이 나오길

바라지도 않았다. 그녀의 말 속에 숨어 있는 다른 말들까지도 느낄 수 있으니까.

"즐거웠어요, 로이니아. 즐거운 산책이 되었으니, 다시 갈 길을 가봐야겠어요."

"어디로… 가는 거예요?"

"마시엥 영지로 가고 있어요. 그쪽에 볼일이 있거든요."

"마시엥 영지면 이 근처네요."

"그렇죠. 멀지는 않아요."

"나중에 다시 이쪽을 통해서 돌아가시나요?"

그때, 로이니아가 전혀 예상치도 않았던 말을 던졌다. 예전엔 이런 말을 하지 않았던 로이니아였다.

이 즈음에서 '그럼 안녕히 가세요, 즐거운 대화였어요' 하고 인사를 건넸던 기억이 있기 때문이다. 평소보다 더 깊은 교감이 쌓인 걸까? 아니면 그냥 형식적인 물음인걸까?

"그렇게 될 것 같아요. 다시 제가 살던 영지로 되돌아가려면 이 길이 가장 빠르니까요."

나는 고개를 끄덕였다.

"그때, 다시 한 번 대화를 나눌 시간이 있으면 좋겠어요. 제 친구에게는 저 말고는 다른 말동무가 없거든요. 객관적으로 고민을 들어줄 수 있을… 그런 사람이 필요한 친구라서… 레논 씨에게 또 이렇게 대신 상담받을 기회가 있었으면 좋겠어요."

지금 로이니아가 한 말에서 친구라는 표현을 자신, 그러니까 로이니아라는 이름으로 바꾸면 모든 것이 자신의 얘기가 된다.

그녀는 자신의 이런 처지를 답답해하고 슬퍼하고 부끄럽게 생각하고 있었다. 그래서 내게 자꾸 친구라는 이름의 핑계를 대는 것이다.

"꼭 그렇게 할게요. 오랜 시간이 걸리진 않을 거예요. 그때 다시 만나죠. 로이니아 씨만 괜찮다면요."

나는 흔쾌히 동의했다. 로이니아는 에둘러 고민 상담이라는 말로 표현을 한 것 같았지만, 이것은 분명 호감의 신호이기도 했다.

예전과 달리 빠르게 적극적인 반응을 보인 로이니아였기에 잠깐 생소한 느낌이 들기도 했지만, 아무래도 상관없었다.

그녀와 즐겁게 대화를 나누고 서로의 얼굴을 기억하게 된 것만으로도 목표는 달성이었다.

"그럼 안녕히 가세요, 즐거운 대화였어요."

이제야 로이니아가 기억 속의 작별 인사를 꺼낸다. 그리고 공손히 내게 인사를 건넸다. 나 역시 같은 인사로 그녀에게 예를 갖추어 돌려주었다. 그리고 마시엥 영지로 발걸음의 방향을 잡았다.

몇 걸음 정도를 걸었을까? 혹시나 하는 마음에 뒤를 돌아본 그 자리에선 로이니아가 나를 묘한 눈빛으로 바라보고 있었다.

예전에는 쿨하게 돌아서서 끝내 뒤를 돌아보지 않았던 그녀였는데, 오늘은 달랐다. 마치 다음 만남이 꼭 이뤄지길 기다리는 듯한 그런 눈빛과 표정이었다.

수많은 시련과 고난을 겪으며 닳고 닳은 내 감정이지만, 애틋하게 날 바라보고 있는 로이니아의 눈빛을 보고 있으니 마음 한편이 아릿해져 온다.

어차피 다시 만날 그녀다. 아쉬워할 필요도, 안타까워할 필요도 없다.

*　　　*　　　*

마시엥 영지에 도착한 것은 다음 날이었다.

북쪽으로 가면 갈수록 제국의 중심과 가까워지는 것이었고 마시엥 영지는 소위 '수도권'으로 진입하게 되는 첫 번째 도시였다.

때문에 내가 살던 로디스 영지나 로이니아가 살고 있던

영지와는 달리, 모든 길거리에서 사람들이 붐볐다.

"자아, 곧 축제가 있을 예정입니다! 일주일 후, 이곳에서 아침부터 영주님께서는 직접 후원하신 마시엥 축제가 시작됩니다! 모든 사람들이 즐길 수 있는 화합과 조화의 축제인 만큼, 많은 참여를 기대합니다!"

마시엥 영지의 중앙 광장에서는 곧 있을 축제를 알리는 공고가 한창이었다.

영주가 직접 후원을 한다는 것은 그만큼 영지민들의 환심을 사려는 것임과 동시에, 다시금 이 영지의 주인이 누구인지 인식시켜 주는 절차이기도 했다.

확실한 것은 마시엥 영지가 규모가 꽤 큰 곳이라는 점이다. 끝이 보이지 않는 거대한 광장 전체를 축제를 위해 쓸 정도면, 들어가는 돈도 어마어마할 터. 역시나 제국의 수도에 가까워지면서 이처럼 활기가 넘치는 도시들이 모습을 드러내고 있었다.

마시엥 영지의 영주의 이름은 탈리스 백작이었던 것으로 기억한다.

다만 나와는 별다른 연관이 없던 사람이고 이 축제도 그다지 내게 특별한 것은 아니었다.

그래서 나는 내가 기억하는 마시엥 영지의 풍경을 다시 한 번 되짚는 것으로 파악을 끝내고는 로난을 찾았다.

로난은 마시엥 영지의 북동쪽에 있는 '상인의 거리'에
자리를 잡고 있다.

로난은 보통 한곳에서 한 달 정도를 머무르며 물건을 팔
았는데, 워낙에 특이하면서도 고가인 물건을 취급하다 보
니 판매 물품의 수 자체는 많지 않았다.

다만 하나가 팔려도 그곳에서의 장사는 충분히 이득이
난 셈이라, 다른 상인들처럼 기를 쓰고 자신이 가진 물건들
을 모두 털어내려 하지 않았다.

대표적인 로난의 기행 중 하나가, 자신의 물건을 보기 위
해 방문하는 손님들에게 입장료로 1골드를 받는 것이다.

호객 행위를 해가면서 손님을 유치해도 모자랄 판에 로
난은 단지 구경만 하러 오는 손님에게도 돈을 받았다.

덕분에 구경만 실컷 하고 물건은 사지 않는 손님은 거의
없었다.

즉, 입장료를 지불하고 들어온 손님은 웬만해선 로난의
물건을 샀다는 이야기다.

그럴 수밖에 없는 것이 돈까지 주고 보러 들어온 마당에
빈손으로 나가면 1골드만 손해를 본 셈이 되기 때문이다.

이를 두고 사람들은 로난이 미친놈이다, 맛이 간 놈이
다… 이런 말을 하곤 했지만, 나는 이것이야말로 로난이 가

진 고도의 상술이라고 생각하고 있었다.

덕분에 로난의 상점에 들어가는 손님은 입장 그 하나만으로도 관심을 받았다. 때문에 로난의 상점 맞은편에 있는 술집은 항상 호황이었다.

"그냥 봐도 어딘지 알겠군."

상인의 거리에 도착한 나는 아주 쉽게 로난의 상점을 찾았다.

99%에 해당하는 상점들이 저마다 호객꾼들을 세워 손님들을 유치하고 있었지만, 유일하게 로난의 상점에만 입구에 검사 둘이 살기 어린 눈빛을 담은 채로 서 있었다.

언제든 검집에 손을 뻗어 검을 꺼낼 수 있는 자세. 딱 그 자세로 두 사람은 정면을 응시하고 있었다. 꽤나 살기 어린 광경이다.

나는 내 발길을 붙잡으려는 수많은 호객꾼의 목소리를 무시하고 성큼성큼 로난의 상점 앞으로 다가갔다.

"오오, 저기 봐봐. 저 청년, 손님인가 본데?"

바로 등 뒤에 있는 술집에서 수군거리는 소리가 들린다.

"야, 저런 어린 사람이 뭐 살 게 있다고……."

"그래도 모르지, 귀족가의 자제분이라면 관심을 가질 만한 물건들은 많지 않나?"

"저 미치광이가 파는 물건들에 정상적인 게 어딨다고 그래? 들어가는 순간 희생자가 늘어나는 거야. 못 들었어? 로난이 파는 물건 중에는 사는 사람 모두가 죽은 물건도 있다고 말이야. 더 기괴한 건, 이놈이 그 물건을 다시 매입을 해 온 다음에 또 팔았다는 거지!"

누군가가 로난에 대한 소문을 언급했다. 내가 기억하고 있는 부분이기도 하다.

저기서 말하는 물건들 중에 하나가 바로 아이거의 다크 링과 지옥의 마법서다. 사갔던 사람 중에 살아남은 사람이 없는 물품.

"오! 섰어!"

내가 검사들 앞에 자리를 잡자, 지켜보던 사람들에게서 탄성이 터져 나왔다.

"본 상점에 입장하기 위해서는 1골드를 입장료로 지불하셔야 합니다. 입장료는 물건을 사지 않고 나오셨다고 해도 환불되는 금액이 아닙니다. 본 입장료는 영지의 허가를 받은 것이므로 아무런 문제가 없음을 미리 알려드립니다."

왼쪽에 서 있던 은발의 검사가 내게 차분한 목소리로 설명을 이어갔다.

나는 자연스럽게 그에게 금화 하나를 내밀었다.

그러자 검사가 자신의 앞에 놓인 탁자 옆의 밀폐형 금고에 금화를 넣고는 정중하게 상점 안쪽으로 손길의 방향을 돌렸다.

"안내해 드리겠습니다."

"오오, 들어갔어!"

"야아, 오늘은 벌써 개장이야? 이햐……!"

듣지 않을래야 않을 수 없는 술꾼들의 목소리가 계속해서 귓가를 맴돈다.

나는 그들의 안줏거리가 된 셈이다.

그러는 동안 나는 검사를 따라 1층 로비에 진입했다. 안으로 들어서는 좁은 통로와는 달리, 건물 안은 매우 넓었다.

그리고.

"어서 오시죠, 손님! 제가 바로 로난입니다. 손님은 바로 이 로난의 상점에 오신 것이구요. 반갑습니다?"

내가 로비에 들어서자, 몇 번을 들었어도 영 익숙해지지 않는 로난의 하이톤 목소리가 들려왔다.

남자임에도 화장을 짙게 한 얼굴.

바지라기보다는 치마바지에 가까운 복색.

웬만한 여자보다도 더 길게 허리까지 기른 머리.

그리고 거의 소프라노를 연상케 할 정도의 목소리까지.

"자아, 손님. 어떤 물건에 관심이 있으시죠? 목록을 보여 드릴까요? 아님 생각해 두신 물건이 있으십니까? 상담이 필요하신가요? 아니면 여자?"

로난이 순식간에 몇 개의 선택지를 제시해 주었다. 가장 마지막에 있는 선택지인 여자도 로난에게는 취급 물품 중 하나다.

그는 유흥가, 사창가에 여자 노예들을 공급하는 포주 역할도 하는 인물이었다.

때때로 귀족 남자들에게 노리개로 삼을 만한 여자 노예를 판매하기도 했다.

"아이거의 다크 링, 그리고 지옥의 마법서. 이 물건을 사러 왔습니다만."

나는 필요한 핵심만 담아 말을 건넸다.

"호오, 정말입니까?"

그 순간, 로난의 입가에 의미를 알 수 없는 미소가 지어졌다.

드디어 이 물건을 사겠다는 미친놈이 왔구나, 하는 딱 그런 표정이었다.

10장

커넥션(Connection)

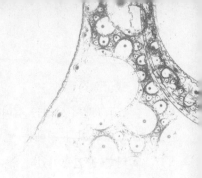

"네, 그렇게 할 생각입니다. 볼 수 있을까요?"

"아이고, 물론이죠. 하지만 손님, 단순히 호기심만으로 구매하시려는 것은 아니겠지요?"

로난의 눈빛이 순식간에 내 전신을 스캔한다. 내가 마법사인지 아닌지를 보는 것이다. 어쩌면 내게 좀 더 웃돈을 붙여 팔아먹을 구석이 있는지 살피는 것일 수도 있다.

"어떤 물건인지는 알고 있습니다. 아이거에 대한 이야기도 모른 채 사러왔을까요?"

"호호, 그렇다면 그게 어떤 물건인지 정말 잘 알고 계시겠군요?"

"그래서 사려는 겁니다."

로난의 표정에는 호기심이 가득했다. 그로서도 처치 곤란한 물건들이었다.

아이거가 다크 링에 자신의 영혼을 봉인한 이후, 지금까지 수많은 상인과 구매자의 손을 거치며 이 반지가 전해져 왔다.

로난이 다크 링과 마법서를 손에 넣은 것은 20년 전이었다. 지금 그의 나이가 마흔을 갓 넘겼으니, 기존에 속해 있던 상단에서 자신의 개인 상단을 차려 독립한 시점에 손에 넣었던 물건이었다.

20년 동안 이 녀석들은 세 주인의 손을 거쳤다. 상당히 비싼 값에 말이다. 하지만 모두 한 달이 채 되지 않아 주인이 죽었다. 미치광이가 되어 체포되어 처형당하거나, 혹은 정체불명의 이유로 자살을 해버렸기 때문이다.

로난은 이 저주받은 물건에 큰 호기심을 가졌고 주인의 가족을 찾아가 기존에 판매했던 가격에 절반 정도의 돈을 주고 다시 사 왔다.

그리고 소문을 퍼뜨렸다. 저주받은 물건이 있다고. 사는 족족 구매자가 죽어나가는 그런 물건이 있다고.

의도적으로 자신이 소유한 물품의 흠결이 될 수 있는 내용을 소문으로 퍼뜨린 건, 몇몇 실력 있는 사람들의 자존심을 자극해 도전해 보게 만들기 위해서였다. 이는 나중에 로난이 직접 밝혀 알려진 사실이다.

구매하는 족족 구매자가 죽어나가는 물건이 있다면 보통은 멀리하겠지만, 일부 특별한 사람들은 '나는 다르다'라는 생각으로 물건을 구입하는 경우가 종종 있기 때문이다.

로난은 내게서 딱 그런 느낌을 받은 것 같았다. 셈을 하고 있는 모습이 보인다.

좀 더 내 자존심을 자극해서 웃돈을 받아 내거나 하려는 노림수가.

"일단은 보여드리지요! 1층에서는 주로 골동품이나 의상을 판매하고 있으니, 2층으로 안내해 드리겠습니다. 중요한 물건들은 대부분 거기에 있거든요!"

나는 로난의 안내를 따라 2층으로 향했다. 그의 말대로 1층은 대부분 값어치가 나가는 골동품들과 의상들로 가득했다.

이 많은 물건을 금화로 환산하면 가격이 어마어마할 것 같았다.

그래서인지 1층의 양쪽 끝에는 중무장을 한 기사가 셋이나 자리하고 있었다.

언뜻 느껴지는 힘으로만 봐도 익스퍼트 급은 될 것 같은 기사들.

그런 기사들이 일개 상점의 호위를 서고 있다는 것은 그만큼 로난이 어마어마한 재력가임을 뜻하는 것이기도 했다.

계단을 올라 2층에 도착하자 오래된 서적들과 반짝이는 보석, 장신구 등이 보이기 시작한다. 모든 물건들은 아주 깔끔하게 잘 정돈되어 있었다.

서적도 훼손을 막기 위해 유리로 만든 별도의 보관 공간에 놓여 있었고 장신구들은 반짝일 정도로 잘 닦여진 채 마네킹이나 보관대에 놓여 있었다.

"정말 물건들이 많군요."

"호호, 다른 상인 나부랭이들과는 차원이 다르지요. 저희는 이런 물건만 취급합니다. 손님의 취향에 잘 맞으실지는 모르겠지만, 지금껏 만족하지 못하신 손님은 없었습니다. 물론 아주 현실적인 부분에서 의견 차가 컸던 적은 있지만 말이지요. 하지만 우리 손님은 왠지 그러실 것 같지 않군요."

로난은 돈 이야기를 하고 있다. 다행히 내가 준비해 온 돈은 로난이 부를 것으로 예상되는 금액의 최대치에 맞게 준비가 되어 있다.

키아그라 사업은 그 정도로 잘됐다.

키아그라는 현재 유명세의 정점에 올라있는 상황이고 아직 키아그라에 대한 분석은 덜 된 상태였다. 하지만 아마 해를 넘기기 전에는 키아그라스의 정체가 알려지게 될 것이고 그때부터는 영지 밖의 다른 상단들이 키아그라와 유사한 제품의 판매를 시작할 것이다.

물론 내게는 다음 계획이 있다. 유행은 돌고 돌게 마련이고 다음에는 어떤 유행이 찾아오게 될지 알고 있다. 다만 내가 기억하는 과거의 삶과 이번의 삶이 크게 달라질 경우가 문제이긴 한데, 아직까지 그렇게 극단적인 흐름의 변화는 없다.

즉, 아직까진 예측 가능한 흐름 안에서 시간이 흘러가고 있다는 이야기다.

"어디에 있습니까?"

"저쪽입니다. 유명세는 많이 탄 물건이지만, 아시다시피 보는 것만으로도 저주가 걸릴 것 같다고 꺼리는 손님들이 꽤 많아서 말이지요. 좀 더 안으로 안내하겠습니다. 이쪽으로!"

"음."

로난이 가리킨 곳은 2층에서도 가장 구석에 위치한 작은 방이었다. 로난의 말대로 보고 싶지도 않은 손님들의 시선을 의식한 탓인지 두꺼운 커튼으로 입구가 가려져 있었다.

　이 정도면 아티팩트나 마법서 따위가 아니라 전염병처럼 느껴질 정도다. 만지기만 해도 저주에 걸리는 그런 물건처럼 말이다.

　"괜찮으시죠?"

　로난이 다시 한 번 내 의사를 확인한다. 그도 몇 번이고 손님들을 안내하면서 이골이 난 탓인지, 그 물건들에 대해서만큼은 조심스러워하는 기색이 역력했다.

　"상관없습니다."

　"그럼 들어오세요."

　촤륵!

　커튼이 젖혀지자, 잠긴 문이 보였다. 로난이 문고리를 잡아 돌리자, 자연스럽게 문이 열리고 작은 방 하나가 모습을 드러냈다.

　"음……."

　햇빛이 살짝 드는 방 안에서 모습을 드러낸 것은 무광택의 은색 반지와 그 아래에 가지런히 놓인 붉은 가죽 표지의 책 한 권이었다.

　"바로 이겁니다. 각각 아이거의 다크 링, 지옥의 마법서라는 이름으로 불리죠. 합쳐서 아이거 세트(Eiger Set)라고 부르기도 하구요."

"제가 찾던 게 맞군요. 구매하겠습니다."

나는 바로 구매 의사를 밝혔다. 그리고 다시 한 번 유심히 반지를 살폈다. 보고만 있어도 그 안에서 새로운 반지의 주인을 기다리고 있을 아이거의 모습이 느껴지는 것만 같다.

말이 좋아 주인이지, 자신의 뜻대로 움직일 꼭두각시를 구하고 있는 것이다.

지옥의 마법서는 내가 그 내용을 알고 있는 것과는 별개로 반지 안에 봉인된 아이거와 계약을 맺는데 필요한 매개체다.

이 마법서가 없으면 아이거와 커넥팅(Connecting)이 이루어지지 않는다. 그래서 필요한 것이다.

아마 커넥팅에 관한 문제가 없었다면 나는 다크 링만 구매를 했을 것이다.

"1500골드로 하시죠. 원래는 3000골드의 값어치를 하는 세트입니다. 다만 요 몇 년간 구매자가 통 나타나지 않았거든요. 반값에 드리는 겁니다. 후아."

역시 로난은 고단수다. 표정 연기도 일품이다. 아직 구매자는 금액을 제시하지도 않았는데, 하늘이 무너질 것처럼 손해를 잔뜩 보는 표정을 하며 한숨까지 내쉬고 있었다. 영혼 없는 한숨이다.

"간보기는 하지 말죠. 저는 과거에 판매된 금액을 알고 있습니다. 500골드도 많을 것이라고 생각합니다만. 아마 이번 기회에 그 값에 팔지 않으시면, 영영 주인이 나타나지 않을 텐데요."

나는 냉랭하게 답했다. 하지만 로난은 표정 하나 변하지 않고 바로 답했다.

"그럼 안 팔겠습니다. 손해보고 파는 장사꾼은 없거든요."

"협상 종료입니까?"

"그런 것 같네요."

나는 로난이 생각하는 적정 금액을 알고 있다. 내가 말한 500골드는 내 욕심으로 많이 후려친 액수고 물론 로난이 부른 1500골드는 그의 정신 나간 액수다.

적정선은 1000골드 정도인데, 의례적인 신경전을 하고 있는 것이다.

결론부터 말하자면 이 물건은 1000골드가 아니라 2000골드를 준다고 해도 그 값을 확실히 한다. 두 가지 확실한 장점을 가지고 있기 때문이다.

첫째, 아이거와의 계약을 통해 그와의 커넥팅을 얼마나 깊게 이끌어내느냐에 따라 내가 보유할 수 있는 마나의 총량이 급격하게 상승한다. 아울러 마나 로드와 마나 홀이 재편되면서 기존에 비해 활용 효율성이 상승한다.

둘째, 남들은 할 수 없는 백마법과 흑마법의 동시 연성이 가능해진다.

내게 가장 중요한 것은 둘째였다.

지금껏 아이거 세트를 산 사람들은 아이거와 연결되는 과정에서 자신의 신체나 정신을 아이거에게 모두 잠식당해 버렸고, 아이거는 새로이 얻은 계약자의 몸을 함부로 굴리다가 종국에는 죽음에 이르게 했다.

아이거의 입장에서도 몸 전체를 완벽하게 가진 것이 아니어서, 제대로 몸이 굴러갈 리가 없었던 것이다.

"하지만 이 물건을 파는 시점에서 로난 님은 머지않은 시간에 다시 되살 수 있다는 생각을 하고 계시지 않습니까? 실제로도 반값에 그렇게 재매입을 하신 것으로 알고 있는데요."

"후후, 그 말씀은 어차피 나도 운명이 크게 다르지 않을 테니, 싸게 팔고 나중에 다시 사가라… 이런 말이신 겁니까?"

내 말을 들은 로난의 입가에 미소가 걸렸다. 가벼운 간보기가 끝나고 표정이 굳어 있었던 것에서 느슨해진 반응이었다.

"공돈이 생기는 것 아닙니까? 제가 죽고 반값에 사오면,

아무것도 하지 않고 250골드가 생기는 셈인데요."

"흥미로운 말씀을 하시는군요. 지금 이 모든 말씀이 본인의 죽음을 전제로 하고 계시다는 것은 알고 있으신 건가요?"

"그것도 모를 바보는 아닙니다. 어떻습니까? 과거 최고가가 딱 500골드였던 것으로 기억을 합니다만."

내가 건넨 말은 로난의 호기심을 자극하기엔 매우 좋은 것이었다. 실제로 구매했던 사람들 모두가 죽지 않았던가? 난 그 사실을 잘 인지하고 있음을 로난에게 알려주고 어차피 죽을 몸이니 싸게 물건을 팔라고 권하고 있었다.

사실 그때의 물가가 지금과는 다르고 유명세를 타면서 아이거 세트에도 가격이 붙어 지금 이미 1000골드로 감정가가 어느 정도 잡혀 있는 물건이었다. 물론 감정가다. 실제로 구매하려는 고객의 성향에 따라 더 비싸질 수도, 싸질 수도 있는 것이다.

"하지만 고객님이… 음, 우선 결례를 용서하시죠. 어디까지나 가정인 겁니다. 고객님이 목숨을 잃지 않으시면, 저는 좋은 물건을 헐값에 판 셈이 되는데요."

"제 목숨 값이라고 생각하면 어떻습니까?"

"왜 제가 손님의 목숨값을 부담해야 하는 걸까요?"

진지한 대화가 오고가고 있지만, 나나 로난이나 입가에

미소를 머금고 있었다.

심각하게 얼굴을 붉혀가며 티격태격 나누는 대화가 아니라, 서로가 서로에게 호기심을 느껴 대화를 주고받는 중인 것이다.

"죽음의 물건을 팔고 있기 때문입니다. 이 물건을 로난 님이 파는 시점에서, 구매자의 죽음이 결정될지도 모르는 미래의 위험을 같이 파는 것이라고 생각합니다만."

"푸흐흐홋! 그러니까 목숨이 걸린 생명 수당만큼을 깎아 달라는 말씀이신가요? 그럼 안 사시면 되잖습니까?"

"하지만 사야겠거든요."

"손님, 정말 재밌으십니다? 푸하하하하! 아이고 결례를 용서해 주십시오. 요 근래에 이렇게 웃어본 적이 없는데, 정말 웃어야겠습니다. 하하하핫!"

"웃음은 참는 것보단 터뜨리는 게 좋죠. 얼마든지 그렇게 하시죠."

로난이 터져 나오는 웃음을 참지 못하고 소리 내어 웃기 시작했다. 그런 로난의 반응은 나에게도 꽤나 재밌는 것이었다. 나 역시 로난을 따라 웃었다.

냉정하게 보면 앞뒤가 안 맞는 말이지만, 이런 말이 로난에게는 의외로 잘 먹히는 말이기도 하다.

"푸하핫! 아아… 아, 아… 좋아요, 좋습니다. 손님의 말씀은 잘 들었습니다. 제가 500골드에 판다고 가정을 해보죠. 아니, 솔직하게 말씀드리겠습니다. 흥정을 포함해 1000골드를 미니멈으로 생각하고 팔려고 했던 물품입니다. 손님은 500골드를 원하시는군요. 제 입장에선 제가 책정한 금액에서 500골드를 손해 봐야 합니다. 그러면 손님은 그만큼의 이득을 보셔야겠죠. 하지만 죽으면 이런 돈들이 의미가 있습니까?"

로난이 물었다. 그는 솔직하게 자신의 패를 다 보여주었다. 장사꾼이 자신이 생각하고 있던 가격을 말해주는 것은 금기시 되는 일이지만, 로난은 나와의 대화에서 속내를 숨길 필요성을 느끼지 않은 듯했다.

그는 오히려 걱정 어린 눈치로 되묻고 있었다.

너 이거 사면 죽어, 그래도 살래? 하는 느낌이었다.

"이 물건을 판 사람이 죽지 않고 살아 있다. 그거면 충분하지 않을까 싶은데요?"

"다시 설명을 해주실까요?"

로난이 되묻는다. 설명이 부족하다는 이야기다. 즉, 자신의 흥미를 동하게 해보라는 반응이었다.

"내기를 하죠. 제가 3개월 뒤에도 살아 있을지, 아닐지를 놓고 말이죠. 제가 죽으면 지불한 500골드에 500골드를 더 얹어 드리고 그 동안 다른 사람에게 판매할 수 있었던 기회

비용까지 포함해 마저 500골드를 더 얹어 최종 가격 1500
골드로 맞춰드리죠. 어떻습니까?"

"공증을 하고 말이죠?"

"물론입니다. 돈도 예치를 해두죠. 그만한 돈은 있으니
까."

로난의 말에 나는 고개를 끄덕였다.

제안의 내용은 간단했다.

우선 500골드에 아이거 세트를 산다. 그리고 영주에 소
속되어 있는 기관을 통해 공증 절차를 진행하고 1000골드
를 예치한다. 3개월 뒤, 내가 살아 있지 못하면 예치한 금액
을 약속대로 로난에게 지불하는 것이다. 내가 살아 있다면,
다시 돈을 회수하면 된다.

"좋습니다. 그럼 제게는 무엇을 원하시죠?"

로난은 내심 기대하는 눈치였다. 장사꾼에게 내기라니,
쉽게 상상할 수 없는 일이다. 하지만 그런 일이기에 로난은
더욱 내게 관심을 가지고 있다.

일단 내게는 확신이 있다. 이 책과 반지 때문에 목숨을
잃을 일은 없을 것이라는 점이다.

"반지와 마법서 구매자에 대한 사실을 비밀로 할 것, 그
게 전부입니다. 제가 구매만 해놓고 이 반지와 마법서를
사용하지 않는 꼼수를 부릴 수도 있으니까요. 어떻습니

까?"

"이런 말씀드리기 거듭 죄송스럽지만, 살아계시지 않길
바라야겠군요. 그래야 큰돈을 벌 텐데요."

"글쎄요? 미래를 예견하고 좋은 투자를 한 위인이 될지
도 모르죠."

로난은 고민하는 눈치였다.

사실 이래저래 가격을 쳐서 부르긴 했지만, 내게 팔지 않
으면 앞으로 살 만한 구매자가 나타날 가능성은 거의 없는
물건이었다.

이전에 마지막으로 이 세트를 구매했던 구매자가 죽으면
서 완벽하게 이 물건에 대한 저주가 세상에 널리 알려지게
됐기 때문이다. 하다못해 마법 학계에서 연구용으로도 사
가지 않는 판인데, 일반 사람들이라면 두말할 나위도 없었
다.

내가 했던 말처럼 꼼수를 부려 아무런 연결점을 찾으려
하지 않고 보관만 해놓는 방법을 취할 수도 있었다. 그래서
나는 로난에게 무리한 것을 요구하지 않았다.

지금으로선 500골드를 절약하는 것도 엄청난 이익이었
다.

물론 3개월 동안 1000골드를 예치시켜 놓아야 하긴 하지
만, 상관없다. 내게 돈이 당장에 필요할 일은 아이거 세트

를 구매하는 일을 제외하고는 없다. 나머지는 이동에 필요한 경비와 숙박비 정도일 뿐이다.

"살아계시면 500골드에 판매한 것이 되고 돌아가시면 1000골드를 더 갖는다. 정리하면 이런 제안이군요?"

"정리가 빠르시군요."

"역 흥정에 내기라니… 손님, 재밌는 분인 것 같습니다. 이 영지는 붐비는 사람들과는 달리, 정말 재미가 없는 곳이었거든요. 정말 오랜만에 웃어 봤습니다. 흐흐흐흐흐."

로난이 나를 쳐다보는 표정이 뭔가 예사롭지 않다. 물론 긍정적인 감정이 많이 담긴 표정이다.

"바로 절차를 밟죠."

"좋습니다! 그렇게 하죠. 그럼 이동하실까요? 공증은 확실하게 해둘 필요가 있으니까요."

"그러죠."

거래 성립이었다.

비교적 싼 가격에 물건도 구입하고 로난과의 교감도 충분히 쌓았으니 일석이조였다. 로난은 자기 자신의 입으로 늘 말해왔던 것처럼, 일반적인 다른 장사꾼들과는 다른 사람이었다.

그는 일반 사람들은 좀처럼 알기 힘든 정보에도 밝았고 각국의 정재계에도 인맥이 다수 있어 국제 정세에도 밝았다.

메디우스가 내게 마법적인 도움을 줄 수 있는 사람이라면, 로난은 정보원 역할을 톡톡히 해줄 수 있는 사람이었다.

물론 로난은 괴짜다. 평범한 것을 좋아하지 않고 자극적이고 특이한 것에 흥미를 가진다. 앞으로 로난과 특별한 관계를 계속 유지하려면, 지속적으로 그와 교류를 하면서 나에 대한 어필을 할 필요가 있다.

수많은 거물과 특이한 손님들을 상대하는 로난인 만큼, 나도 수많은 사람 중 한 명으로 끝날 수도 있기 때문이다.

실제로 과거의 삶에서 로난과의 관계가 긴밀했던 적까지는 없었다. 내게 필요한 물건을 이후로도 몇 번 판매했던 것이 전부였다.

공증 절차는 신속하게 이루어졌다.

마시엥 영지 정도 되는 대영지면 그곳에서 주관한 공증의 공신력(公信力)도 커진다.

영지에서 사사로이 돈을 떼먹는다거나 하는 일은 없을 것이다.

나와 로난은 각각 정식으로 작성된 공증서를 나눠 가졌다.

내 손에는 그렇게 아이거의 다크 링과 지옥의 마법서가

들어왔고 로난에게는 500골드의 금화가 주어졌다. 그리고 3개월 뒤에 가져갈 수 있을지도 '모를' 1000골드에 대한 기대감도.

"그럼 3개월 후에 뵙죠. 아니, 어쩌면 연이 닿는다면 조금 일찍 뵐지도 모르겠군요? 혹은 이번이 마지막이거나."

"웃는 얼굴로 다시 뵙길 바라겠습니다."

"즐거운 거래였습니다, 손님. 아니, 레논 님. 어떤 형태로든 결과를 기대하죠."

로난이 환히 웃으며 자신과 동행했던 기사들과 멀어져 갔다.

공중 과정에서 그는 내 이름을 알게 됐지만, 키아그라와 연관되어 있다는 사실은 알지 못하는 듯했다. 사실 카터의 상단이 초창기 레논―카터 상단이라는 이름을 달고 출범했지만, 유명세를 탄 시점부터는 카터 상단으로 더 많이 알려졌기 때문이다.

아무래도 상관없었다. 이렇게 로난과 흥미로운 거래가 성립됐고 나는 필요한 물건들을 손에 넣었다.

이제 본격적인 각성에 돌입할 차례다.

* * *

나는 지체할 것 없이 마시엥 영지 인근에 있는 오도르 산에 올랐다. 오도르 산은 산세가 험하고 전반적으로 음산한 기운이 돌아 사람들이 잘 오르지 않는 산이었다.

오도르 산을 제외하고도 등산 삼아 오를 만한 명산이 많았기 때문에, 오도르 산은 사람들이 발걸음을 하지 않았고 그러다 보니 등산로라고 할 만한 코스도 전혀 없었다.

내 왼손의 약지에는 아이거의 다크 링이 끼워져 있었다. 이 상태로는 아무런 변화가 일어나지 않는다. 그저 단순한 은반지를 끼고 있는 정도일 뿐이다.

하지만 이제 이 마법서를 이용해 마법진을 발현시키면, 자연스럽게 커넥팅이 이루어진다. 그제야 비로소 아이거와 교감할 수 있게 되는 것이다.

각성의 핵심은 얼마나 아이거의 영혼을 내 몸 깊숙한 곳까지 끌어들여 그의 힘을 이용해 내 몸의 능력을 깨우치느냐에 달려 있다.

중요한 건 능력을 깨우침과 동시에 잠식될 가능성이 높은 정신을 보호하는 것이다.

지금껏 이 반지에 손을 댔던 마법사들은 모두 이 과정에서 아이거에게 정신을 넘겨주고 말았다. 힘 싸움에서 밀려 잠식당해 버린 것이다.

하지만 각성 초반부터 내가 지나치게 방어적으로 대응하

는 모습을 보이면, 아이거는 내 몸을 탐내기보다는 일부의 교감만 이루고는 물러날 가능성이 높다. 그렇게 되면 이 반지의 힘을 최대한 끌어낼 수가 없게 되고 내게는 큰 손실이 되는 셈이다.

얼마나 산을 올랐을까.

마시엥 영지의 모습이 멀리서 그린 풍경화의 일부처럼 보일 정도로 작아졌을 즈음, 나는 더 이상 오르기를 멈추고 동굴 하나를 찾아냈다.

인적이 드문 산, 그곳에서도 동굴을 찾은 것은 나에게 일어날 변화들이 조용히 뚝딱하고 일어나는 것이 아니기 때문이다.

반지와 마법서 자체가 만들어 낼 섬광부터 시작해서, 내가 토해낼 신음들도 예상이 됐다. 때문에 가급적이면 사람들의 눈이 닿지 않는 곳에서 준비할 필요가 있었다.

"후우."

반지를 다시 내려다보니 한숨이 터져 나온다. 주사를 맞는 고통은 알지만 익숙해질 수 없는 것처럼, 이 반지 역시 마찬가지다.

몸의 변화가 일어나는 그 순간에 느끼게 되는 고통은 몇 번을 반복해도 익숙해지지 않았다. 좋은 기억은 반복할수록 즐겁지만, 아픈 기억, 특히 고통에 관한 기억은 반복할수록 괴롭다.

"이 정도면 괜찮겠지."

나는 동굴 입구 쪽에 잘 놓여 있는 평평한 돌 위에 지옥의 마법서를 올려놓았다.

그리고 첫 번째 페이지를 폈다. 그러자 붉은 글씨로 적힌 문구가 드러난다.

커넥팅의 방식 자체는 매우 단순하다. 이 문구들을 계속해서 쭉 따라서 읽으면 된다. 단, 마법서가 없으면 문구를 외워서 읽는다고 하더라도 연결이 되지 않기 때문에 필요한 물건인 것이다.

총 열 쪽의 종이로 되어 있는 지옥의 마법서는 마법서라 하기에는 민망할 정도로 얇았지만, 필수 요소였기 때문에 어쩔 수 없이 가지고 있어야 하는 것이기도 했다.

나는 빠르게 내용을 읽어나갔다. 커넥팅은 마지막 쪽의 마지막 줄 문구를 모두 읽었을 때 이뤄지기 시작한다. 이 주문을 읽음으로써 내가 반지와 계약을 할 준비가 되었음을 공표하는 것이고 그제야 아이거가 모습을 드러내게 되는 것이다.

즉, 서로에 대한 경계심을 허무는 절차였다. 단순한 호기심으로 열 쪽이나 되는 분량의 주문을 집중해서 말할 사람은 거의 없기 때문이다.

샤아아아— 샤아아아—

내가 마법서의 주문을 계속해서 이어갈 때마다 다크 링에서 잿빛 색깔의 반짝임이 일며 안개와 같은 것이 뿜어져 나오기 시작했다. 아이거의 영혼이 깨어나고 있는 것이다.

—키야아아아…….

어렴풋하게 아이거의 목소리도 들려온다. 아직 완벽한 커넥팅이 이루어지지 않았으므로, 들리는 소리의 강도나 느낌도 얕다.

나는 더욱 부지런히 내용을 읽어나갔다.

5쪽, 6쪽… 8쪽, 9쪽… 그리고 마지막 10쪽.

몇 줄 남지 않은 주문을 읽고 있을 무렵, 어느새 내 몸을 포함한 동굴 주변의 공간들이 온통 잿빛 회색의 안개로 가득 채워져 있었다.

몸은 얼어버린 것처럼 움직여지지 않고 오로지 마법서를 보고 있는 눈과 주문을 읽고 있는 입만이 자유로이 움직일 뿐이다.

"…숨겨진 반지의 힘을 깨어나게 하라. 나는 이 마법서를 읽음으로써 그 동안 반지를 옭아매고 있던 모든 봉인을 해제하기를 바라는 바이다."

파아아앗!

"크읔!"

내가 마지막 문구의 마침표까지 완벽하게 읽고 나자, 드디어 다크 링의 힘이 발현되기 시작했다. 일순간 손가락 끝에서부터 시작된 고통이 전신으로 퍼져 나갔다. 딱 한 번의 고통이었지만, 순간 몸이 부서질 것 같을 정도로 강한 고통이었다.

—크흐흐흐흐흐… 누가 나의 긴 잠을… 깨웠지……?

틀에 박힌 소설 속의 대사라고 해도 무방할 말로 첫 만남을 시작하는 그.

내가 능력을 취할 존재이자 전설 속의 미치광이 대마법사이기도 한 아이거 폰 리드네르였다.

『환생 마법사』 2권에 계속…

내일을 향해 쏴라
김형석 장편 소설
FUSION FANTASTIC STORY
1만 시간의 법칙!
'성공은 1만 시간의 노력이 만든다'는 뜻이다.
그러나…
사회복지학과 복학생 수.
전공 실습으로 나간 호스피스 병동에서
미지와 조우하다.
1만 시간의 법칙?
아니, 1분의 법칙!
전무후무한 능력이 수에게 강림하다!
맨주먹 하나로 시작한 수의
인생역전이 시작된다!
Book Publishing CHUNGEORAM
유행이 아닌 자유추구 -
WWW.chungeoram.com

데일리 히어로

FUSION FANTASTIC STORY

인기영 장편 소설

지금까지 이런 영웅은 없었다!

『데일리 히어로』

꿈과 이상을 가진 평.범.한. 고딩 유지웅.
하지만……
현실은 '빵 셔틀' 일 뿐.

그러던 어느 날, 유지웅의 앞에 나타난 고양이.
그(?)로 인해 모든 것이 바뀌었다.

선행! 선행! 그리고 또 선행!

데일리 히어로 유지웅의 선행 쌓기 프로젝트!

Book Publishing CHUNGEORAM

유행이 아닌 자유추구
WWW.chungeoram.com

용마검전
FANTASY FRONTIER SPIRIT
김재한 판타지 장편 소설

「폭염의 용제」, 「성운을 먹는 자」의 작가 김재한!
또다시 새로운 신화를 완성하다!

『용마검전』

사악한 용마족의 왕 아테인을 쓰러뜨리고
용마전쟁을 끝낸 용사 아젤!

그러나 그 대가로 받은 것은 죽음에 이르는 저주.
아젤은 저주를 풀기 위해 기나긴 잠에 빠져든다.

그로부터 220년 후……

긴 잠에서 깨어난 아젤이 본 것은
인간과 용마족이 더불어 살아가는 새로운 세상이었다.

Book Publishing CHUNGEORAM

류형이 아닌 자유추구 -
WWW.chungeoram.com

문용신 新무협 판타지 소설
FANTASTIC ORIENTAL HEROES

절대호위

한량 아버지를 뒷바라지하며
호시탐탐 가출을 꿈꾸던 궁외수.

어린 시절 이어진 인연은
그를 세상 밖으로 이끄는데…….

"내가 정혼녀 하나 못 지킬 것처럼 보여?"

글자조차 모르는 까막눈이지만,
하늘이 내린 재능과 악마의 심장은
전 무림이 그를 주목하게 한다.

"이 시간 이후 당신에겐 위협 따윈 없는 거요."

무림에 무서운 놈이 나타났다!